Klarant Verlag

Die gebürtige Ostfriesin ***Sina Jorritsma*** aus der Krummhörn studierte in Hamburg Germanistik und Philosophie, bevor sie wieder in ihre Heimat zurückkehrte. Sie veröffentlicht unter Pseudonym, weil sie ihre Umgebung genau beobachtet und Ereignisse aus ihrem Leben in ihre Geschichten einfließen. Das Romaneschreiben ist ihr kleines Geheimnis, das nur wenige Menschen kennen. Bei einer großen Kanne Ostfriesentee mit Sahne und Kluntjes kann sie halbe Nächte durchschreiben, tagsüber hält sie sich mit Joggen fit. Sina Jorritsma lebt mit ihrer Familie in einem kleinen Ort bei Emden.

Sina Jorritsma

Friesensegler

Ostfrieslandkrimi

Klarant Verlag

Klarant Verlag, www.klarant.de – www.ostfrieslandkrimi.de
ISBN: 978-3-68975-030-5
1. Auflage 2024
Umschlagabbildung: Klarant Verlag

Printed in the EU.

Kapitel 1

Kommissarin Mona Sander atmete tief durch, als sie ihren Blick über den weitläufigen Strand unterhalb der Musikkuppel schweifen ließ. Sie bewegte sich täglich hier am Spülsaum der Nordsee, entweder frühmorgens mit ihrer Dogge oder bei ihrem Lauftraining. An diesem Tag hatte sie hingegen etwas anderes vor. Am 7. September war es auf der Nordseeinsel Borkum immer noch angenehm warm, obwohl der Wind kräftig wehte und die Flaggen an den Masten auf der Promenade knattern ließ. Bestes Wetter also für die Strandsegler, die ihrem Sport bereits begeistert nachgingen. Sie lenkten schnittige Fahrzeuge mit drei Rädern und einem Segel, die ausschließlich von einer steifen Brise und dem Geschick des jeweiligen Fahrers vorwärtsgetrieben wurden. Mona schaute mit gemischten Gefühlen zu, wie die mit Rädern versehenen Wagen in Richtung Osten an ihr vorbeijagten. Allein der Anblick sorgte dafür, dass ihr Herz schneller klopfte. Dieser Outdoor-Sport war faszinierend und respekt–einflößend zugleich.

»Bist du bereit?«

Diese Frage kam von Henning Kolb, dem Besitzer einer Strandsegelschule, die sich nicht weit entfernt unterhalb der Promenade befand. Der bärtige, blonde Friese hatte sich Mona lautlos genähert, indem er barfuß durch den Sand auf sie zu stapfte. Berufsbedingt verfügte er über einen tiefbraunen Teint, da er die meiste Zeit des Tages an der frischen Luft verbrachte. Und hier, in unmittelbarer Nähe der Meeresbrandung, war die Strahlkraft der Sonne ganz besonders intensiv. Henning trug Jeansshorts und ein blau-weiß gestreiftes T-Shirt – genau wie die Kommissarin selbst. Sie hatte dieses Outfit allerdings nur zufällig gewählt. Wer die beiden zusammen erblickte und sie nicht kannte, hätte Mona und Henning für ein Liebespaar halten können, das sich gern im *Partnerlook* kleidete. Dies war allerdings nicht der Fall. Die rotblonde Kriminalistin mochte Henning, aber sie wollte nicht mit ihm anbandeln. Aus dem Grund war sie an diesem Morgen gewiss nicht hergekommen. Stattdessen bereitete sie sich innerlich auf einen Crashkurs im Strandsegeln vor. Mona lebte nun schon einige Jahre auf der Insel, die für diesen aufregenden Sport überregional bekannt war. Und nun wollte sie selbst endlich einmal ausprobieren, ob dies auch ein Freizeitspaß für sie sein konnte. Es kam ohnehin selten genug vor, dass Mona sich über ein freies Wochenende freuen konnte. Erst vor Kurzem war ihr die Lösung eines kriminalistischen Rätsels gelungen, das sie auch persönlich stark mitgenommen hatte. Sie schob die Erinnerung an dieses heftige Erlebnis innerlich beiseite und konzentrierte sich auf Hennings Erklärungen. Er drückte ihr einen Sturzhelm in die Hand und sagte: »Den musst du bitte unbedingt tragen, Mona. Bei uns gilt das Motto: *Safety first*. Diese Wagen kommen bei der momentanen Windstärke locker auf Geschwindigkeiten von 70 Stundenkilometern. – Hier ist dein fahrbarer Untersatz, den du heute benutzen darfst.«

Mit diesen Worten führte er sie zu einem der Fahrzeuge. Es war wie die anderen Strandsegler mit einem Reifen vorn und zwei im hinteren Teil versehen. Dazwischen befand sich eine Sitzschale, in der Mona nun Platz nehmen durfte. Und natürlich gab es ein Segel, das über ihr aufragte und im Wind flatterte.

»Du lenkst mit den Füßen«, erklärte der Trainer, »und mit der *Schot* regulierst du die Geschwindigkeit. Wenn du die *Schot* anziehst, wirst du schneller, wenn du langsamer werden willst, lässt du sie etwas lockerer.«

Die Kommissarin wusste immerhin, dass *Schot* ein seemännisches Wort für eine Leine oder ein Seil war. Sie musste sich also nicht völlig wie eine unbedarfte »Landratte« vorkommen. Das unangenehme Gefühl in Monas Magengrube wurde trotzdem stärker. Sie hielt sich nicht für besonders furchtsam, schließlich hatte sie schon öfter in die Mündung einer geladenen Waffe geblickt und sich auch anderweitig in lebensbedrohlichen Lagen befunden – beispielsweise gefesselt in unmittelbarer Nähe einer Bombe. Doch dies war stets berufsbedingt geschehen. Sich privat freiwillig in Gefahr zu begeben, war ihr bisher noch nicht in den Sinn gekommen. Henning schien zu spüren, was in ihr vorging: »Wenn du die Kontrolle zu verlieren glaubst, dann lass einfach das Seil los. Dann rollt der Wagen ganz von selbst aus.«

Er begleitete sie zu dem Strandabschnitt, von dem aus sie starten sollte. Sie rückte sich in dem Sitz zurecht, nachdem sie den Helm aufgesetzt hatte. Dann schob er sie ein wenig an – und bevor sie sich versah, nahm ihr Wagen Fahrt auf. Das Adrenalin schoss durch ihren Körper, während sie unwillkürlich die Leine an sich zog. Nun geschah, was der erfahrene Strandsegler ihr prophezeit hatte: Das Fahrzeug jagte mit beachtlicher Geschwindigkeit auf der Sandpiste vorwärts. Die Kommissarin war froh, dass es keinen Tachometer gab, von dem sie das Tempo ablesen konnte. Außer im Dienst war sie meist entweder mit dem Fahrrad oder zu Fuß unterwegs. Natürlich besaß sie einen Führerschein, aber schnelle Fahrten mit dem Auto fanden auf der Insel eher selten statt. Privat hatte sie gar keinen Pkw – Borkum war zwar im Gegensatz zu Eilanden wie Juist nicht komplett autofrei, trotzdem wurden viele Gebiete aus Naturschutzgründen für den Durchgangsverkehr gesperrt. Aber in diesem Moment – als Pilotin eines Strandseglers – konnte Mona Menschen verstehen, die sich dem Geschwindigkeitsrausch hingaben. Der Wind wehte Sandkörner in ihr Gesicht, die sich wie winzige Nadeln in ihre Haut bohrten. Sie hatte wohlweislich eine Sonnenbrille aufgesetzt, denn die Strahlen reflektierten auf dem hellen Strand und auf den Wogen der Nordsee, deren Brandung nur einen Steinwurf weit entfernt war. Das Fahrzeug bewegte sich beinahe geräuschlos vorwärts, wenn man vom Knattern des Segels im Wind absah. Nach wenigen Minuten verflog Monas Anspannung und wich einer grenzenlosen Euphorie. Es erschien ihr so, als ob sie schon ihr halbes Leben in diesem Wagen verbracht hätte. Nun kamen auch andere Strandsegler in Sicht, die vor ihr unterwegs waren. Sie überholte einen von ihnen und winkte ihm übermütig zu. Er erwiderte den Gruß und reckte den Daumen hoch. Vielleicht ahnte er, dass es ihre »Jungfernfahrt« war. Die Sandflächen der Insel erstreckten sich auf über zwanzig Kilometern – und sie waren auf vielen Abschnitten breit genug, sodass die Wagen einander nicht in die Quere kamen und auch Jogger oder Spaziergänger nicht gefährdeten. Die Kommissarin erblickte nun einen weiteren Strandsegler, zu dem sie aufschloss. Der Mann auf dem Fahrersitz trug einen roten Sturzhelm, während ihrer weiß war. Sie kam von hinten an ihn heran, wobei sie auf genügend Abstand achtete. Er musste gespürt haben, dass sich ihm jemand näherte. Jedenfalls drehte er seinen Kopf in ihre Richtung. Der Bärtige war mit einem blauen T-Shirt und einer kurzen Hose von derselben Farbe bekleidet. Sein Gesicht kam ihr nicht bekannt vor, aber das fand sie nicht erstaunlich. Borkum wurde jedes Jahr von einer Viertelmillion Urlaubern und Kurgästen besucht. Im ersten Moment schien es so, als ob der andere Sportler Mona zuwinken wollte. Das geschah nicht. Stattdessen fasste er sich plötzlich an die Kehle, wobei er gleichzeitig die Leine losließ. Dadurch wurde sein Wagen natürlich langsamer, und Monas fahrbarer Untersatz schoss an ihm vorbei.

Da stimmt etwas nicht!, dachte sie. Die Augen des Mannes schienen beinahe aus den Höhlen zu treten, er riss den Mund auf und rang nach Luft. Offenbar hatte er gesundheitliche Probleme, aus welchen Gründen auch immer. Die Kommissarin wollte ihm helfen. Sie suchte einen Moment lang vergeblich nach der Bremse. Dann fiel ihr ein, dass sie ja einfach nur die *Schot* loslassen musste. Das tat sie nun, und wenig später stoppte auch ihr Fahrzeug. Sie stemmte sich aus dem Sitz hoch und rannte zu dem Bärtigen zurück, dessen Körper mittlerweile wild zu zucken begann. Er stieß ein röchelndes Geräusch aus. Mona versuchte gar nicht erst, ihn anzusprechen. Stattdessen packte sie ihn im Rettungsgriff und zog ihn aus dem Fahrzeug, das sich immer noch mit geringem Tempo vorwärts bewegte. Sie legte ihn vorsichtig auf den Sand und drehte ihn in eine stabile Seitenlage. Dann griff sie nach seinem Kinn. Instinktiv öffnete er den Mund. Seine Zunge war dunkel verfärbt, schien außerdem angeschwollen zu sein. Die Stirn war mit Schweiß bedeckt, die Wangen fahl und eingefallen. Sie wollte seinen Puls fühlen und stellte fest, dass dieser förmlich raste.

»Ich bin Polizistin und in Erster Hilfe ausgebildet. Versuchen Sie, möglichst gleichmäßig zu atmen. Der Notarzt wird Sie umgehend behandeln. Bleiben Sie ruhig.«

Mona wusste nicht, ob sie mit ihren konzentriert und laut ausgesprochenen Worten zu ihm durchdringen konnte. *Der Ton macht die Musik, wie es so schön heißt,* dachte sie. Sie hoffte, allein schon durch ihre Anwesenheit und aktive Zuwendung helfen zu können. Während sie dem Mann besänftigend über das Haupthaar strich, fischte sie mit der freien Hand ihr Smartphone aus der Jeanstasche und kontaktierte den Notruf.

»Moin, hier spricht Kommissarin Sander. Ich bin momentan privat am Strand, auf Höhe vom … Moment … *Strandcafé Seeblick.* Hier befindet sich eine männliche Person mit stark erhöhtem Puls und Atemnot, ich tippe auf eine Vergiftung. Er ist bei Bewusstsein.«

Die Frau in der Alarmzentrale versprach, umgehend einen Rettungswagen zu schicken. Es gab auf der Insel ein kleines Stadtkrankenhaus, das für Akutfälle zuständig war. Ansonsten verfügte Borkum noch über mehrere Kurkliniken, in denen Erkrankungen der Haut und der Atemwege sowie psychosomatische

Beschwerden behandelt wurden. Mutter-Kind-Kuren gab es ebenfalls. Die Kommissarin war keine Medizinerin, aber sie hatte während ihrer Jahre im Polizeidienst schon oft genug mit Intoxikationen aller Art zu tun gehabt. Und die Symptome des Bärtigen deuteten ihrer Meinung nach in diese Richtung. Sie versuchte nun, mit dem Mann zu reden. Ob er ihr antworten konnte, war angesichts seiner verdickten Zunge fraglich. Aber sie fand es wichtig, dass er bei Bewusstsein blieb.

»Es wird alles gut, verstehen Sie? Hilfe ist unterwegs, es kann sich nur um wenige Minuten handeln«, versicherte sie ihm. Seine Augen tränten, sie waren gerötet. Und er versuchte zu sprechen: »Meine Retterin ...«

Das waren jedenfalls die Worte, die Mona zu hören glaubte. Seine Stimme hörte sich unheimlich an. Es musste schwer sein, in einem solchen Zustand etwas ausdrücken zu wollen.

»Atmen Sie regelmäßig«, riet die Kommissarin. Sie hoffte, dass er nicht noch mehr sagen wollte. Das schien ihn nämlich übermäßig anzustrengen.

Sie spürte, wie die Lebensenergie seinen Körper immer schneller verließ.

»Versuchen Sie, ruhig zu bleiben. Jetzt müssen Sie erst wieder gesund werden«, sagte sie nachdrücklich, aber mit einem Lächeln. Sie ergriff seine Hand. Dabei bemerkte sie, dass er einen Ehering trug. Henning Kolb hatte aus der Entfernung mitbekommen, dass etwas Schlimmes passiert war. Der Trainer eilte herbei.

»Kennst du den Mann näher?«, rief sie ihm zu, als er auf Rufweite herangekommen war. Henning schüttelte den Kopf: »Nein, jedenfalls weiß ich kaum etwas über sein Privatleben. Paul ist seit einer Woche auf Borkum und erscheint jeden Tag hier am Strand. Er hat mit diesem Sport Erfahrung, er kommt seit drei Jahren jeden Sommer hierher und leiht sich ein Fahrzeug bei mir. Aber er ist kein Mensch, der viel über sich spricht. – Wie ist es denn zu dem Unfall gekommen?«

Die Kommissarin schüttelte den Kopf.

»So würde ich das nicht nennen. Ich denke, da war Fremdeinwirkung im Spiel«, erwiderte sie. Das Wort Gift wollte sie ungern benutzen, um Paul – so lautete ja offenbar sein Name – nicht unnötig aufzuregen. Aber momentan sah es ohnehin nicht danach aus, dass er noch sehr viel von seiner Umgebung mitbekam. Das Zittern seines

Leibes verstärkte sich, er bäumte sich auf und rang nach Luft. Mona presste die Lippen aufeinander. Es war ein fürchterliches Gefühl, Paul nicht helfen zu können. Zum Glück ertönte wenig später die Sirene des RTW, der durch die Brandung preschte und in der Nähe zum Stehen kam. Die Türen wurden aufgestoßen, und der Notarzt Dr. Siemers rannte auf Mona, Paul und Henning zu – gefolgt von zwei Sanitätern.

»Dieser Mann saß in einem Strandsegler, als er plötzlich Atemnot bekam«, erklärte die Ermittlerin, während sie sich vom Boden erhob und zur Seite trat. Sie fügte hinzu: »Ich vermute eine Vergiftung!«

Sie wusste, dass der junge glatzköpfige Mediziner nichts von Diagnosen durch Laien hielt. Andererseits kannte sie ihn von vielen gemeinsamen Einsätzen, bei einigen davon war ein Toxin im Spiel gewesen. Daher hatte sie sich ihrer Meinung nach zumindest ein gewisses Halbwissen angeeignet. Paul wies einige der typischen Vergiftungssymptome auf, das war die Basis für ihre Annahme. Paul hatte inzwischen Schaum vor dem Mund, sein Zustand verschlechterte sich rapide. Dr. Siemers machte eine Spritze bereit, und Mona trat zusammen mit Henning noch ein paar Schritte weiter weg, um ihn und die Sanitäter in Ruhe den Patienten behandeln zu lassen.

»Welchen Eindruck hattest du von Paul?«, fragte sie den Trainer direkt. »Wirkte er auf dich vielleicht bedrückt oder niedergeschlagen?«

Henning zeigte sich verblüfft: »Glaubst du, dass er sich umbringen wollte – während einer Fahrt mit einem Strandsegler?«

»Als Polizistin muss ich alle Möglichkeiten berücksichtigen, auch wenn sie noch so absurd erscheinen mögen«, erklärte sie. Persönlich glaubte Mona eher an ein Verbrechen, aber dafür gab es noch keinen Beweis. Sie schaute zu dem Trio hinüber, das um das Leben des Mannes kämpfte. Natürlich war es auch möglich, dass er an einer Krankheit litt, die plötzlich zum Ausbruch gekommen war. Dr. Siemers versuchte es nun mit einer Herzdruckmassage. Mona hielt unwillkürlich den Atem an, während sie dies mitbekam. Doch die Versuche einer Lebensrettung erwiesen sich als vergeblich. Der Notarzt richtete sich auf, suchte Blickkontakt mit der Kommissarin und schüttelte den Kopf. Diese Geste ließ an Eindeutigkeit nichts zu wünschen übrig. Mona hatte einen dicken Kloß im Hals, während sie auf den Mediziner zu ging. Sie wurde berufsbedingt oft genug mit dem Tod konfrontiert. Doch normalerweise waren die Opfer schon verstorben, wenn die Ermittlerin die näheren Umstände untersuchen musste. Dass sie das Sterben so hautnah miterlebte, kam zum Glück nicht allzu oft vor.

»Ich stimme Ihnen zu, dass wir es mit einem Toxin zu tun haben«, sagte Dr. Siemers zu ihr. »Woran genau der Mann verstorben ist, muss bei der Obduktion geklärt werden. Wenn ich eine Vermutung äußern müsste, würde ich auf eine chemische Droge tippen, die überdosiert wurde. Vielleicht wollte er sich einen zusätzlichen Kick verschaffen, indem er sich zugedröhnt in einen Strandsegler gesetzt hat. Sie sagten doch der Kollegin in der Zentrale, dass er mit einem solchen Wagen unterwegs war, oder? Und Henning Kolb« – der Arzt deutete auf den Trainer – »vermietet diese Fahrzeuge.«

Eine Partypille als Todesursache? Das wäre dann wohl Selbsttötung aus Leichtsinn – vorausgesetzt, dass Paul die Tablette freiwillig zu sich genommen hatte. Er war kein Teenager mehr gewesen, aber nach Monas Erfahrung fand Drogenmissbrauch heutzutage in allen Altersgruppen statt.

»Der Tod trat exakt um 13.22 Uhr ein«, sagte Dr. Siemers und stellte den Totenschein aus. Dann verabschiedeten er und die Sanitäter sich von Mona und Henning. Die Kommissarin kniete sich neben das Opfer und begann damit, seine Taschen zu durchsuchen. Der Trainer stand ein paar Schritte weit von ihr entfernt. Sie kannte ihn als einen zupackenden Menschen, aber momentan verhielt er sich absolut passiv. Ihm war anzumerken, dass das Geschehen ihm ebenfalls an die Nieren gegangen war.

»Du kennst nicht zufällig Pauls Nachnamen?«, fragte Mona.

»Nicht auswendig, aber ich kann ihn dir sagen. Wenn jemand einen Strandsegler mietet, fotografiere ich seine Kreditkarte ab – als Vorsichtsmaßnahme, falls ein Fahrzeug beschädigt wird.«

»Ich bin schon fündig geworden.«

Mit diesen Worten hielt die Kommissarin die Geldbörse des Toten hoch. Darin befand sich ein Personalausweis: Paul Blome war 41 Jahre alt geworden und hatte in Kassel gelebt. Außer dem Portemonnaie entdeckte sie sein Smartphone. Insgeheim hatte Mona ein Tütchen mit Pillen erwartet, die man in keiner Apotheke erwerben konnte. Dass ein solches Indiz fehlte, musste allerdings nichts bedeuten. Manchmal reichte eine einzige Tablette dubioser Herkunft, um ein Leben nachhaltig zu verändern – oder auszulöschen. Die Kommissarin drehte sich zu dem Trainer: »Es ist nicht notwendig, dass du weiter hier herumstehst. Ich werde wahrscheinlich später noch einmal mit dir sprechen müssen. Dass ich jetzt keine Zeit für weiteres Strandsegeln habe, dürfte wohl klar sein, oder?«

»Ja, sicher«, murmelte er und ging zu Monas und Pauls Segler hinüber, die ein Stück weit entfernt standen. Die Kommissarin überlegte: Eine kriminaltechnische Untersuchung des Strandseglers würde nicht nötig sein, das Fahrzeug bot keinen Platz für Verstecke. Es schien erfolgversprechender, Paul Blomes Urlaubsunterkunft nach Spuren des Gifts zu durchsuchen. Und außerdem mussten seine Angehörigen verständigt werden. Mona rief zunächst einen Bestatter an, damit er den Transport des Leichnams zum kriminaltechnischen Labor Oldenburg organisierte. Er versprach, mitsamt seinem Helfer so bald wie möglich an den Strand zu kommen. Inzwischen war der Rettungswagen wieder weggefahren. Die Spaziergänger und Jogger, die sich nun am Spülsaum der Nordsee entlangbewegten, hatten von den dramatischen Ereignissen nichts mitbekommen. Sie glaubten vermutlich, dass der im Sand liegende Mann schlafen oder dösen würde. Aus weiterer Entfernung konnte man gewiss nicht erkennen, dass kein Funken Leben mehr in ihm war. Die Kommissarin rief nun ihren Kollegen und besten Freund Enno Moll an. Im Gegensatz zu ihr musste der Oberkommissar an diesem Wochenende arbeiten. Er hatte am vorigen Samstag und Sonntag frei gehabt. Der wuchtige Ostfriese reagierte erstaunt, als er ihre Telefonnummer in seinem Handydisplay erkannte: »Nanu, es ist noch gar nicht Montag. Hast du es vor Sehnsucht nicht mehr ausgehalten?«, scherzte er.

»Ich wünschte, das wäre der Grund«, gab sie seufzend zurück. »Ich bin momentan am Wasser, auf Höhe vom *Strandcafé Seeblick*. Es gibt hier einen rätselhaften Todesfall. Es wäre gut, wenn du gleich zu mir kommen könntest.«

»An diesem Wochenende scheint es ja wirklich rundzugehen«, erwiderte Enno mit seiner tiefen Stimme. »Bei mir war soeben eine Frau, die einen Mordversuch an sich anzeigen wollte. Sie gab an, vergiftet worden zu sein. Allerdings schien es ihr gut zu gehen, deshalb hat Grietje sie erst einmal zur Untersuchung ins Stadtkrankenhaus begleitet.«

Mona horchte auf: »Und wie lautete der Name dieser Melderin?«

»Sylvia Blome.«

Kapitel 2

»Bist du noch am Apparat?«, fragte der Oberkommissar. Es kam selten vor, dass es Mona die Sprache verschlug. Aber diese Neuigkeit hatte sie wirklich verblüfft. Sie sagte: »Ja, mir ist die Spucke weggeblieben. Das wirst du gleich verstehen, wenn du mich abholst. Ich muss bei der Leiche bleiben, bis der Bestatter erschienen ist.«

»Du machst es aber spannend«, stellte Enno fest.

»Durch kleine Geheimnisse wird eine Frau erst interessant, oder?«, scherzte sie und fügte hinzu: »Also, bis gleich.«

»Ich beeile mich«, versicherte er und beendete das Telefonat. Die Kommissarin betrachtete nun wieder den Leichnam zu ihren Füßen. Monas Blick blieb an Blomes Ehering hängen. Handelte es sich bei Sylvia um seine Ehefrau oder seine Schwester? Oder gab es eine andere Verwandtschaftsbeziehung zwischen dem Toten und dieser Dame? Mona glaubte nicht an Zufälle – vor allem, da bei *beiden* Personen der Verdacht einer Intoxikation bestand. Je länger die Ermittlerin über den neuen Fall nachdachte, desto mehr Fragen ergaben sich. Fest stand nur, dass sich ein Verbrechen ereignet haben musste. Ein tragischer Unfall erschien Mona höchst unwahrscheinlich. Machte Sylvia Blome sich nichts aus dem Strandsegeln? Henning Kolb hatte mit keiner Silbe erwähnt, dass Paul Blome in weiblicher Begleitung gewesen war, als er bei ihm auftauchte. Natürlich musste ein Ehepaar nicht alles gemeinsam unternehmen. Dies war Mona bewusst, obwohl sie nicht aus Erfahrung sprach und sich selbst als Single bezeichnete – falls dies angesichts der Dauerbeziehung zu ihrem Freund Jan Lummer überhaupt die passende Bezeichnung war. Hatte also ein Dritter sowohl Paul als auch Sylvia Blome vergiftet? Die Kommissarin erkannte, dass ihre Hintergrundinformationen noch viel zu spärlich waren, um die Lage richtig einschätzen zu können. Wenigstens musste sie nicht lange warten, bis Enno Moll auf einem Bohlenweg zwischen den Dünen erschien und durch den weichen Sand auf sie zu gestapft kam. Vermutlich hatte der Zweimetermann den Weg von der Wache bis zum *Strandcafé Seeblick* größtenteils mit dem Dienstwagen zurückgelegt, andernfalls wäre er nicht so schnell vor Ort gewesen. Den letzten Rest der Strecke musste er dann gehen. An diesem Samstag Anfang September war der Oberkommissar sommerlich-leger gekleidet. In Jeans und dem bunt gemusterten

Kurzärmelhemd, das über seinem runden Bauch spannte, wirkte er wie ein durchschnittlicher Urlauber oder Kurgast. Den wenigen Tausend ganzjährigen Einwohnern der Insel war natürlich bekannt, dass Mona und Enno trotz ihrer Zivilkleidung bei der Polizei arbeiteten. Aber auf die Viertelmillion Besucher, die jedes Jahr nach Borkum kamen, wirkten die beiden wie Vater und Tochter auf Erholungssuche – ein unschätzbarer Vorteil, wenn es um die Verhaftung von Verdächtigen ging. Der Oberkommissar nickte seiner Kollegin freundlich zu: »Erzählst du mir bitte, was sich genau ereignet hat?«

Das tat sie nun und ergänzte: »Der Name des Toten lautet Paul Blome – jetzt wirst du verstehen, warum ich eben am Telefon so verblüfft war.«

Enno kratzte sich im Nacken, während er die Leiche betrachtete. Er wirkte nachdenklich: »Sylvia Blome erschien vorhin auf der Wache und wollte einen Mordanschlag auf sich anzeigen. Grietje schickte sie gleich zu mir. Die Frau äußerte die Vermutung, dass ihr Ehemann sie vergiftet hätte. Sie klagte über Magenschmerzen. Allerdings konnte sie mir nicht sagen, wie genau ihr eine toxische Substanz verabreicht worden sein könnte. Ich hatte mir vorgenommen, ihren Gatten später zu befragen. Aber zunächst musste abgeklärt werden, ob ihre Annahme überhaupt Hand und Fuß hatte. Und außerdem war medizinische Hilfe notwendig, falls sich ihre Befürchtung bewahrheitete. Also schickte ich Frau Blome in Begleitung unserer jungen Kollegin ins Stadtkrankenhaus, damit sie dort untersucht wird. Und aus der Befragung ihres Mannes wird nun logischerweise nichts mehr.«

»Wie war dein erster Eindruck von Sylvia Blome?«, wollte Mona wissen. Ihr Kollege antwortete:

»Sie kam mir verängstigt, aber auch entschlossen vor. Ich hätte gern von ihr erfahren, aus welchen Gründen ihr Gatte es auf sie abgesehen haben könnte. Aber diese Frage habe ich zurückgestellt. Mir erschien die ärztliche Untersuchung wichtiger.«

»Natürlich – wenn sie wirklich ein Toxin geschluckt hat, müssen Gegenmaßnahmen ergriffen werden. Hast du Grietje gesagt, dass sie im Krankenhaus warten soll, Enno?«

Er nickte. Daraufhin rief Mona die junge Polizistin an.

»Moin, was willst du denn an deinem freien Wochenende von mir?«, fragte Grietje. »Sollen wir beide uns einen flotten Mädelsabend machen, weil du dich mit deinem Freund in der Wolle hast?«

Die Ermittlerin seufzte. Ihre Kollegin war nie um einen flotten Spruch verlegen, womit Mona normalerweise keine Probleme hatte. Aber manchmal war es etwas zu viel des Guten.

»Erstens sind Jan und ich immer noch ein Herz und eine Seele, und zweitens fällt meine Freizeit aktuell wieder aus«, erklärte die Kommissarin, »es gab nämlich am Strand eine Leiche. Daher befinde ich mich aktuell im Dienst. – Bist du noch im Stadtkrankenhaus? Enno hat mir erzählt, dass du eine Frau dorthin begleiten solltest.«

»Ja, das stimmt. Die Dame weilt gerade noch im Untersuchungsraum«, erklärte die Polizistin.

»Alles klar. – Rufst du mich an, sobald ein Ergebnis vorliegt?«

»Wird gemacht.«

Mit diesen Worten beendete Grietje das kurze Telefonat. Nun rumpelte das schwarze Fahrzeug des Bestatters an den Strand, was natürlich unter den Touristen für Aufsehen sorgte. Einen Leichenwagen bekam man dort glücklicherweise nicht oft zu sehen. Mona und Enno waren in den nächsten Minuten vollauf damit beschäftigt, die Schaulustigen zurückzuscheuchen. Der Bestatter und sein Assistent nahmen Paul Blomes sterbliche Hülle mit. Erst als das Auto mitsamt seiner traurigen Fracht wieder außer Sichtweite geriet, beruhigte sich die Lage.

»Ich bin gespannt, welche Gerüchte über einen Todesfall am Borkumer Strand jetzt wieder in den sozialen Medien erfunden werden«, meinte die Kommissarin mit einem bitteren Grinsen.

Mona fühlte sich mies, weil das Mordopfer sie als »seine Retterin« bezeichnet hatte – aber genau das war ihr ja nicht gelungen. Objektiv gesehen hätte sie ihn gar nicht am Leben erhalten können, weil ihr dazu die nötige Ausbildung und das passende Gegengift fehlten – falls er wirklich durch ein Toxin umgekommen war. Es gab leider Geschehnisse, auf die sie keinen Einfluss hatte. Aber das änderte nichts an ihrem Stimmungsumschwung. Ein subjektives Gefühl des Versagens machte sich bei ihr breit. Sie war Polizistin geworden, um Menschen helfen und für Gerechtigkeit sorgen zu können. Von ihrer unbeschwerten Euphorie während des Strandsegelns war jedenfalls nichts mehr übrig geblieben. Enno warf ihr einen prüfenden Seitenblick zu. Er erkannte natürlich, wie es ihr ging – immerhin verbrachte er fast so viel Zeit mit Mona wie mit seiner Ehefrau. Er klopfte der Kommissarin aufmunternd auf die Schulter: »Lass uns in die Gartenstraße fahren. Dann können wir gleich mit Sylvia Blome sprechen, falls ihr Zustand es erlaubt. – Du hast dir den Verlauf des heutigen Tags sicher ganz anders vorgestellt, oder?«

Sie nickte seufzend: »Das kannst du laut sagen, Enno! – Immerhin habe ich mich jetzt endlich getraut, einmal das Strandsegeln auszuprobieren. Es ist wirklich ein tolles Gefühl, in diesem Wägelchen zu sitzen und von einer steifen Brise vorwärtsgetrieben zu werden.«

»Für dich mag das so sein«, erwiderte der schwergewichtige Ostfriese schmunzelnd, »aber bei *mir* müsste schon ein Orkan aufziehen, damit ich mich in einem solchen Fahrzeug von der Stelle bewegen kann.«

Enno gehörte zu den Menschen, die über sich selbst lachen können. Und auch Mona musste nun lächeln. Die beiden zogen sich manchmal freundschaftlich gegenseitig auf – wobei es meist um Ennos Gewicht oder Monas bescheidene Körperlänge von nur eins dreiundsechzig ging. Wenn hingegen andere Leute blöde Bemerkungen über den beachtlichen Leibesumfang ihres Kollegen machten, fuhr sie ihnen konsequent über den Mund. Sie konnte es nicht ausstehen, wenn ein Fremder Enno respektlos behandelte. Wenn die Ermittler einander auf die Schippe nahmen, ging es nie unter die Gürtellinie. Die beiden eilten am *Strandcafé Seeblick* vorbei zu dem Parkplatz an der Waterdelle, wo der Kriminalist den Dienstwagen zurückgelassen hatte.

»Der Chef wird nicht begeistert darüber sein, dass wir wahrscheinlich schon wieder ein Tötungsdelikt auf der Insel zu verzeichnen haben«, meinte Enno, während er den Motor anließ. »Aber man kann sich seine Fälle eben nicht aussuchen.«

Der Borkumer Dienststellenleiter Hinrich Oltbeck war nämlich stets darauf bedacht, den Besuchern der Insel ein Gefühl von Sicherheit und Geborgenheit zu vermitteln. Und ein solches Image bekam natürlich Kratzer, wenn Touristen auf dem Eiland um ihr Leben fürchten mussten – oder sich dies zumindest einbildeten. Mit dem Auto erreichte man von der Waterdelle aus das Stadtkrankenhaus in der Gartenstraße innerhalb weniger Minuten. Die uniformierte Polizistin Grietje Smit hockte im Wartebereich der kleinen Klinik und befasste sich offenbar gerade mit einem

Ballerspiel auf ihrem Smartphone. Zumindest ließ die Geräuschkulisse darauf schließen, dass sie gerade gegen eine feindliche Raumflotte kämpfte. Sie blickte auf, als sie Mona bemerkte: »Hat dir schon mal jemand gesagt, dass man keine Hotpants tragen sollte, wenn man so kurze Beine hat wie du?«

Solche Sprüche war die Ermittlerin von ihrer jungen Kollegin gewohnt.

»Und ist *dir* bekannt, dass Zocken während der Dienstzeit der Polizeilaufbahn nicht gerade förderlich ist?«, konterte die Kommissarin.

»Das hier war nur eine Konzentrationsübung«, behauptete Grietje, die um eine Ausrede nie verlegen war. Doch Monas Worte verfehlten ihre Wirkung nicht, denn immerhin steckte sie ihr Telefon wieder in eine Tasche ihrer Uniformhose.

»Das Ehepaar hat ein Ferienhaus am Alten Damenpfad gemietet, wie mir Sylvia Blome mitteilte«, sagte Enno. »Wir sollten uns dort umsehen, sobald wir mit der Frau gesprochen haben.«

»Ist meine Anwesenheit eigentlich noch notwendig?«, wollte die Polizeimeisterin wissen. »Ihr seid doch jetzt hier, um euch mit der Melderin zu befassen.«

»Nee, du kannst zur Wache zurückkehren – und Oltbeck darüber informieren, dass wir es wahrscheinlich mit einem Mord und eventuell einem Mordversuch zu tun haben«, sagte Mona.

»Dann kriege ich garantiert wieder den Unmut vom Chef ab«, maulte Grietje, »nur gut, dass ich ein dickes Fell habe.«

Mit diesen Worten verdrückte sie sich Richtung Strandstraße. Wenig später kam Dr. Christine Hoffmann zu den Kommissaren. Die blonde Ärztin wirkte auf Außenstehende etwas streng, was an ihrer Hornbrille und ihrem *Pokerface* liegen konnte. Doch sie hatte das Herz auf dem rechten Fleck und war höchst engagiert, wenn es um ihre Patienten ging. Sie kannte Mona und Enno schon länger, daher kam sie sofort zur Sache: »Frau Blome weist eindeutige Vergiftungssymptome auf, ich musste ihr den Magen auspumpen. Sie bekommt jetzt eine Infusion, um den Flüssigkeitsverlust auszugleichen und die Nieren zu entlasten. Wenn heute Abend ihr Kreislauf stabil ist, kann sie die Klinik verlassen.«

»Können Sie uns sagen, welches Toxin zum Einsatz gekommen ist?«, wollte Mona wissen.

»Leider nicht, Frau Sander. Ich halte eine chemische Droge für die wahrscheinlichste Variante – so ein Teufelszeug, das in irgendeinem Hinterzimmer zusammengemixt wurde und das jetzt in den Clubs und auf Partys die Runde macht.«

Dr. Siemers Überlegungen waren in eine ähnliche Richtung gegangen, wie die Kommissarin sich vor Augen führte. Ob dasselbe Mittel in beiden Fällen benutzt worden war? Sie sagte: »Wir benötigen den Mageninhalt für eine kriminaltechnische Untersuchung.«

»Das dachte ich mir bereits, ich habe alles vorbereitet«, gab die Ärztin zurück.

»Wir müssten mit Sylvia Blome sprechen, es ist wichtig«, bat Enno. Frau Dr. Hoffmann zögerte, dann erwiderte sie: »Meinetwegen können Sie ihr einige Fragen stellen, Herr Moll. Aber bitte nur ein paar Minuten lang, die Patientin braucht Ruhe.«

»Wir werden ihr mitteilen müssen, dass ihr Ehemann nicht mehr lebt«, betonte Mona, »es wäre nicht fair, ihr dies zu verheimlichen.«

Enno ergänzte: »Sie glaubt nämlich, dass er ihr nach dem Leben trachtet.«

»Eine solche Nachricht ist natürlich ein Schock«, stellte die Medizinerin fest, »aber es ist wohl besser, wenn sie es hier erfährt, wo sie direkt Hilfe bekommen kann.«

Dr. Christine Hoffmann führte die Ermittler zu dem Patientenzimmer, in dem Sylvia Blome ihre Infusion bekam. Die Frau lag vollständig bekleidet auf einem Bett, sie hatte lediglich ihre Schuhe ausgezogen. Sylvia Blome trug eine helle Baumwollhose und ein grünes ärmelloses Oberteil. Ihr schulterlanges Haar war hellbraun. Sie wirkte erschöpft und angespannt, aber das war angesichts der hinter ihr liegenden medizinischen Prozedur auch kein Wunder. Mona hätte auch nicht wie das blühende Leben ausgesehen, wenn ihr der Magen ausgepumpt worden wäre. Sylvia Blome richtete sich im Bett ein wenig mehr auf und warf den Ermittlern einen fragenden Blick zu.

»Wir wollen Sie nicht lange stören«, versicherte Enno. »Das ist meine Kollegin, Kommissarin Sander.«

Sylvia Blome schien irritiert, während sie Mona musterte. Wahrscheinlich hielt sie Jeansshorts nicht für die angemessene Bekleidung einer Zivilpolizistin. Aber als die Kriminalistin morgens ihre Wohnung verlassen hatte, war sie noch der Meinung gewesen, einen freien Tag vor sich zu haben – dementsprechend hatte sie ihre Garderobe gewählt. Zumindest hatte sie noch nie gesehen, dass ein Strandsegler eine lange Hose trug.

»Konnten Sie meinen Mann schon verhaften?«, stieß Sylvia Blome hervor, ohne auf die Worte des Ostfriesen einzugehen. Mona sagte: »Wir müssen Sie leider darüber informieren, dass Ihr Gatte nicht mehr lebt. Der Arzt geht von einer Vergiftung als Todesursache aus.«

Sylvia Blome reagierte zunächst überhaupt nicht. Die Kriminalistin bezweifelte, ob ihre Sätze überhaupt zu ihr durchgedrungen waren. Sie schien durcheinander zu sein, machte einen ungläubigen Eindruck. Als Mona schon nachhaken wollte, öffnete sie doch den Mund: »Sind Sie absolut sicher, Frau Sander? Ich bin überzeugt davon, dass Paul *mich* beseitigen wollte.«

Die Kommissarin erklärte: »Paul Blome ist verstorben, so viel steht fest. – Ich war anwesend, ein Notarzt und zwei Sanitäter ebenfalls. – Gibt es jemanden, der Ihrem Mann nach dem Leben trachtete?«

Sylvia Blome senkte den Kopf: »Paul … hatte Geheimnisse vor mir. Da muss eine Geliebte im Spiel gewesen sein, eine Frau spürt so etwas! Sollte ich ihm unrecht getan haben? Das ist alles so verwirrend ...«

Sie fuhr sich mit der flachen linken Hand über das Gesicht. In ihrem rechten Arm steckte eine Nadel, die durch einen Schlauch mit einem Beutel Infusionslösung verbunden war.

Enno legte eine seiner Visitenkarten auf den Nachtschrank: »Wir lassen Sie jetzt erst einmal in Ruhe, damit Sie sich sammeln können. Rufen Sie mich bitte an, wenn Sie entlassen werden. – Und wir möchten uns in Ihrer Abwesenheit im Ferienhaus umschauen, vielleicht finden wir dort Hinweise auf die Tat.«

Mona ergänzte: »Es liegt Gefahr im Verzug vor, deshalb benötigen wir keinen Durchsuchungsbeschluss für das Gebäude.«

»Ja, ich verstehe ...«, murmelte Sylvia Blome mit zitternder Stimme. Sie griff nach ihrer Handtasche, die auf dem Beistelltischchen stand und zog einen Schlüssel hervor. Diesen überreichte sie Enno: »Damit gelangen Sie in das Ferienhaus und in den Fahrradschuppen. Hoffentlich finden Sie das Gift, bevor noch andere Menschen zu Schaden kommen.«

»Wir werden tun, was wir können. – Ruhen Sie sich aus, wir sprechen später miteinander.«

Mit diesen Worten verabschiedete Enno sich. Bevor er und seine Kollegin das Krankenhaus verließen, bekam Mona noch einen Kunststoffsack mit dem Mageninhalt der Patientin in die Hand gedrückt. Auf dem Weg zur Polizeistation sagte die Kommissarin: »Na, das ist ja toll! Du trägst den Schlüssel, ich transportiere den Ekelbeutel.«

»Das ist eben der Vorteil des höheren Dienstrangs«, gab er augenzwinkernd zurück. Auf der Wache reichte Mona das Behältnis sofort an Grietje weiter: »Hier, dieses Beweismaterial muss zur Untersuchung ans kriminaltechnische Labor weitergeleitet werden.«

»Worum handelt es sich denn?«, lautete die neugierige Reaktion.

»Das willst du nicht wissen. – Wir sind erst einmal außer Haus.«

»Eure geheiligte Mittagspause steht an, hätte ich mir ja denken können«, lästerte die junge Polizistin. Die beiden erwiderten nichts auf ihren Kommentar. Bevor die Kommissare die Wache verließen, befestigte Mona ihre im Clipholster steckende Dienstwaffe an ihrem Gürtel. Das Oberteil fiel so locker darüber, dass man die Pistole nicht sofort bemerken konnte. Sie war keine Waffennärrin, aber bei einer Mordermittlung konnte es nichts schaden, auf das Schlimmste vorbereitet zu sein. Von der Polizeistation aus war der Alte Damenpfad zu Fuß innerhalb von fünf Minuten erreichbar. Auf dem Weg dorthin sprachen die beiden weiter über den Fall, während sie an dem kleinen Park am Georg-Schütte-Platz gegenüber vom Inselbahnhof vorbeigingen. Hier befand sich auch der *Boule*-Platz, an dem sie vor einiger Zeit einen besonders kniffligen Mordfall hatten aufklären müssen.

»Wenn wir wüssten, woher das Gift stammt und in welchem Zeitraum es den Opfern verabreicht wurde, wären wir bei der Ermittlung schon einen großen Schritt weiter«, meinte Enno.

»Du gehst davon aus, dass beide Ehepartner von derselben Person attackiert wurden?«

»Momentan deutet alles darauf hin, Mona. – Ich will der Obduktion nicht vorgreifen, aber wahrscheinlich haben Paul und Sylvia Blome das Toxin entweder mit einem Getränk oder einer Speise zu sich genommen. Die Frau erwischte aus Gründen, die wir noch nicht kennen, eine geringere Dosis. Deshalb hat sie überlebt. Natürlich wäre es auch denkbar, dass ihnen das Gift äußerlich verabreicht wurde, über eine Minimalverletzung der Haut. Aber darauf hätte uns die Ärztin hingewiesen, sie ist äußerst gründlich.«

Die Kommissarin sagte: »Sylvia Blome hat nicht erwähnt, dass noch andere Personen im Ferienhaus wohnen, oder? Wen kann sie gemeint haben – als sie befürchtete, dass auch andere vergiftet werden können?«

»Diese Frage sollten wir auf jeden Fall im Hinterkopf behalten«, gab Enno zurück. Die beiden hatten inzwischen den Alten Damenpfad erreicht. Das war eine ruhig gelegene Verbindungsstraße zwischen dem Georg-Schütte-Platz und der Westerstraße. Das von den Blomes bewohnte Urlaubsdomizil war ein weiß gekalktes Haus im Seebäderstil der Kaiserzeit.

»So eine Residenz würde ich mir auch gefallen lassen«, murmelte Mona. Ihr Kollege schloss die Tür auf: »Du kannst das Ferienhaus ja mal für drei Tage in der Nebensaison mieten.«

»Du bist ja so lustig, Enno!«, gab sie lächelnd zurück und fügte hinzu: »Na ja, du kennst eben meine Gehaltsstufe.«

Noch während ihres kurzen Geplänkels erkannte Mona, dass sie einen Fehler gemacht hatten. Die Ermittler hätten nicht laut miteinander sprechen dürfen, als sie ins Haus gingen. Doch eigentlich war es nur ein halber *Fauxpas* gewesen, wie die Kommissarin nun dachte. Denn sie hatte trotz des Wortwechsels das Knarren einer Bodendiele gehört, das nicht von ihr oder Enno verursacht worden war.

Kapitel 3

Mona blieb wie angewurzelt stehen, während sie sich zu dem Oberkommissar wandte und den Zeigefinger an ihre Lippen legte. Die andere Hand wanderte zu ihrem Pistolengriff. Auch Enno hatte verstanden, dass Gefahr drohte. Er zog seine Dienstwaffe und verschloss die Haustür geräuschlos. Für einen Mann von seiner Gewichtsklasse konnte er sich erstaunlich leise bewegen. Die beiden verständigten sich nun mit Gesten: Mona deutete auf den Gang, der zum Wohnzimmer und zur Küche führte. Das konnte man an den halb geöffneten Zimmertüren sehen. Dann zeigte sie auf sich selbst und auf die Treppe zum Obergeschoss. Der Ostfriese nickte und schlich Richtung Küche. Die Kommissarin musterte die steile Stiege. Die Stufen waren aus Holz und die Schritte auf dem Weg in die erste Etage konnten Geräusche verursachen. Und wenn ein Angreifer dort lauerte und sie schon im Visier hatte? Ihre Position auf der Treppe war denkbar schlecht. Sie konnte vom Erdgeschoss aus nicht wirklich viel jenseits der obersten Stufe erkennen. Mona beschloss, es zu riskieren. Sie trat immer auf den äußersten Rand der Stufen – in der Hoffnung, so leiser vorgehen zu können. Inzwischen hatte sie ihre Pistole gezogen. Bei solchen Gelegenheiten hoffte sie stets, die Waffe niemals tödlich einsetzen zu müssen. Mona rückte so stark gebückt vor, dass sie beinahe zu kriechen schien. Sie wollte möglichst wenig Angriffsfläche bieten. Angestrengt lauschte sie. Es war totenstill. Ob ihr Gehör sie getäuscht hatte? Das Haus war mehr als 100 Jahre alt. Auch wenn es seit der Erbauung mehrfach renoviert worden war, so handelte es sich zweifellos um einen Altbau. Und solche Gemäuer entwickelten ein Eigenleben, wie die Kommissarin aus Erfahrung wusste. Als sie die Treppe bewältigt hatte, hielt sie auf der obersten Stufe inne. Sie wartete einige Momente lang, bis ihr Atem wieder regelmäßiger ging.

»Hier ist die Polizei!«, rief sie gellend. Es war wichtig, dass sie sich zu erkennen gab. Später sollte niemand behaupten können, sie für eine Einbrecherin gehalten zu haben. Aber – hielt sich überhaupt eine Person im Haus versteckt? Bisher gab es als Hinweis auf diese Möglichkeit nur das leise Geräusch, für das es allerdings auch andere Ursachen geben konnte. Es war jedenfalls unmöglich, ihre Stimme zu überhören. Mona konnte sich akustisch sehr gut bemerkbar machen. Und als sie ein paar Schritte vorwärts schlich, stieg ihr ein

Duft in die Nase. Er stammte von einem teuren Herrenparfüm – und zwar nicht von der Sorte, die Paul Blome benutzte. Die Kommissarin war ihm sehr nahe gekommen, er war praktisch in ihren Armen gestorben, wenn man das so dramatisch ausdrücken wollte. Also musste sich noch ein anderer Mann hier aufhalten. Von dem Flur gingen mehrere Türen ab, die ausnahmslos geschlossen waren. Mona ließ nun besondere Vorsicht walten, sie wollte sich von dem Unbekannten nicht überrumpeln lassen. Und sie beging nicht den Fehler, ohne Rückendeckung weiterzumachen.

»Hier oben, Enno!«

Sie wartete, bis ihr Kollege ebenfalls das Obergeschoss erreicht hatte. Mit Gesten machte sie ihm klar, dass sich jemand in einem der Räume verkrochen haben musste. Der Ostfriese nickte, er hielt seine Dienstwaffe schussbereit. Mona öffnete die erste Tür, stieß sie geräuschlos auf. Dahinter befand sich ein Schlafzimmer, das allerdings nicht benutzt wurde. Die Matratzen wiesen kein Bettzeug auf, die Schranktüren standen zum Lüften weit offen. Das Ferienhaus war für sechs Personen ausgelegt. Daher wunderte die Kommissarin sich nicht darüber, dass nicht alle Zimmer belegt waren. Sie schaute kurz unter das Bett, andere Versteckmöglichkeiten waren in dem Raum nicht vorhanden. Hier konnte sie auch den Parfümduft nicht wahrnehmen. Das Fenster stand in Kippstellung und sorgte für ständigen Luftaustausch. Das Zimmer direkt nebenan wurde hingegen offensichtlich benutzt. In einer Ecke standen Koffer und Reisetaschen. Als die Ermittlerin den Kleiderschrank öffnete, erblickte sie darin Freizeitgarderobe für Damen und Herren, außerdem Unterwäsche sowie Strümpfe und Socken. Hier legte sich offenbar das Ehepaar Blome zur Nachtruhe nieder. Sie kehrte auf den Flur zurück und drückte die Klinke des nächsten Raums herunter. Er war abgeschlossen. Mona pochte mit dem Pistolengriff gegen das Türblatt: »Hier ist die Polizei! Öffnen Sie – oder wir verschaffen uns Zutritt!«

Angesichts eines Todesopfers und Sylvia Blomes Vergiftung war es keineswegs übertrieben, von einem aggressiven Widersacher auszugehen. Daher blieb die Kommissarin auch nicht vor der Tür stehen – falls der Unbekannte im Zimmer auf die Idee kommen sollte, durch die Tür zu schießen. Sie presste sich neben dem Türstock gegen die Wand und lauschte. Auch Enno hatte eine ähnliche Position bezogen. Nun waren aus dem Zimmer langsame

Schritte zu hören. Ein Schlüssel wurde im Schloss umgedreht und die Tür geöffnet. Ein junger Mann warf den beiden einen überrascht wirkenden Blick zu: »Seid ihr wirklich Bullen?«

Mona zog mit der linken Hand ihren Dienstausweis hervor und hielt ihn dem Fremden vor die Nase:

»Bullen? Nee, wir sind hier nicht bei der Rinderzucht, kapiert? Ich bin Kommissarin Sander von der Polizei Borkum, das ist Oberkommissar Moll. Und ich hätte jetzt gern gewusst, was Sie hier zu suchen haben. Und wer Sie überhaupt sind!«

»Warum so unfreundlich?«, maulte er. »Ich heiße Julian Drescher. Ich mache hier Ferien.«

Mona schaute sich den Typen genauer an. Er war ungefähr einen Kopf größer als sie, sein Alter schätzte sie auf Anfang bis Mitte zwanzig. Drescher trug orangefarbene Bermudashorts und ein Muskelshirt. *Seine Arme sehen aber nicht so aus, als ob er beim Langhanteltraining mehr als ein Kilo schaffen könnte,* ging es Mona durch den Kopf. Er machte keinen gewaltbereiten Eindruck, wirkte eher etwas verpennt. Jedenfalls gab es keinen Zweifel, dass Drescher es war, der den Duft des noblen Rasierwassers verströmte. Die teure Marke passte nicht so recht zum Zustand des Zimmers, in dem er sich aufhielt. Mona drang nämlich in den Raum ein, indem sie einfach an dem schlaksigen Kerl vorbeiging. Sie wusste, dass Enno ihn im Auge behalten würde. Daher musste sie sich nicht darum sorgen, dass Drescher ihr in den Rücken fallen könnte. Der junge Mann hauste jedenfalls in einem Chaos. Überall lagen leere Getränkedosen und Chipstüten herum, und auf dem Bett gab es keine Laken oder Decken, sondern nur einen Schlafsack.

»Dürfen Sie überhaupt hier einfach so hereinschneien?«, wollte Drescher wissen, der sich von der ersten Überraschung erholt zu haben schien. Hatte er wirklich nicht mit Polizeibesuch gerechnet oder war er einfach noch schlaftrunken – oder berauscht? Bei manchen Drogen konnte man dem Konsumenten nicht unbedingt ansehen, womit er sich betäubt hatte. Der typische Marihuana-Geruch hing jedenfalls nicht in der Luft. Aber falls Drescher eine Partydroge in Pillenform eingeworfen hatte, dann konnte man das nicht auf den ersten Blick bemerken. Es sah ganz danach aus, als ob der junge Mann sich unberechtigt in dem Ferienhaus eingenistet hatte.

»Paul Blome lebt nicht mehr, und Sylvia Blome liegt mit Vergiftungserscheinungen im Krankenhaus«, antwortete Mona auf Dreschers Frage, wobei sie ihn genau beobachtete. Ob die beiden Namen ihm überhaupt etwas sagten? Er wirkte geschockt: »Echt? Das ist ja furchtbar! Glauben Sie etwa, ich hätte was damit zu tun?«

»Genau das möchten wir herausfinden, und deshalb sollten Sie mir zunächst Ihren Personalausweis zeigen«, sagte Enno freundlich, aber bestimmt. Drescher besaß eine Bauchtasche, aus der er das Dokument fischte. Währenddessen schaute Mona ins Nachtschränkchen und in die Schubladen des Kleiderschranks. Ihr entging nicht, dass sie den jungen Mann dadurch zunehmend nervös machte.

»Wissen Sie überhaupt, von wem ich gerade gesprochen habe?«, hakte sie nach.

»Soll das ein Witz sein? Paul und Sylvia sind mein Onkel und meine Tante!«

Mit dieser Information hatte die Kommissarin nicht gerechnet, wobei sich Dreschers Behauptung natürlich leicht überprüfen ließ. Ennos Bemerkung brachte auch Monas Überlegungen auf den Punkt: »Es scheint nicht so, als ob das Ehepaar von Ihrem Einzug ins Ferienhaus wüsste.«

»Wie kommen Sie denn darauf? Fragen Sie doch Onkel Paul … ach nee, das geht ja nicht mehr. Aber Tante Sylvia wird Ihnen bestätigen, dass ich ihr Fleisch und Blut bin. Sie wird doch wieder genesen, oder?«

Mona wusste nicht, was sie von diesem Kerl halten sollte.

»Haben Sie gar nicht mitbekommen, dass es Ihrer Tante gesundheitlich schlecht geht?«, hakte sie nach. Die Beantwortung dieser Frage schien Drescher großes Kopfzerbrechen zu verursachen. Jedenfalls hüllte er sich in Schweigen. Als die Kommissarin ihn schon erneut ansprechen wollte, rang er sich zu einer Antwort durch: »Vielleicht wollte sie mich nicht wecken, sie ist sehr rücksichtsvoll.«

»Ist das hier ein Medikament gegen Fußpilz?«

Diese Frage kam von Enno, der dem jungen Mann sein Ausweisdokument zurückgab. Mit der anderen Hand hatte der Oberkommissar eine Socke aufgehoben, die auf dem Boden lag. Und aus diesem Strumpf fiel ein Plastiktütchen, in dem sich drei Pillen befanden. Drescher schien über den Fund nicht begeistert zu sein.

»Das geht Sie überhaupt nichts an!«, rief er forsch. Doch sein Versuch, aggressiv aufzutreten, ging nach hinten los. Nach Monas Meinung war Drescher ein armes Würstchen, doch auch solche Menschen können morden.

»Wir müssen ausschließen, dass es sich hierbei um ein Gift handelt«, erklärte der Ostfriese geduldig, »und deshalb werden wir die Tabletten mitnehmen und untersuchen lassen. Oder möchten Sie uns jetzt mitteilen, worum es sich handelt?«

»Ich sage jetzt gar nichts mehr«, gab der Verdächtige bockig zurück, wobei er seine dünnen Arme vor der Brust verschränkte und Richtung Wand starrte.

»Wir benötigen noch Ihre Mobilnummer, falls es weitere Fragen gibt«, sagte Mona, »und die werden wir ganz bestimmt haben.«

Drescher schien zu überlegen, ob er sich herauswinden könnte. Doch ihm fiel scheinbar keine Ausrede ein, denn nun nannte er ihr zögernd eine Zahlenfolge.

»Wie lange bleiben Sie noch auf Borkum?«, wollte Enno zum Abschied wissen.

»Hab keinen Plan«, lautete die Antwort. Bevor die Ermittler das Ferienhaus verließen, schauten sie sich noch in den übrigen Räumen um, fanden aber keine weiteren Personen und auch keine verdächtigen Gegenstände. Nachdem sie wieder auf den Alten Damenpfad gelangt waren und sich außer Hörweite des Hauses befanden, sagte Mona: »*Hab keinen Plan* – diese drei Worte könnten Dreschers Lebensmotto sein, findest du nicht? Um was wollen wir wetten, dass es sich bei den beschlagnahmten Pillen um illegale Substanzen handelt? Wahrscheinlich hat dieser Bengel seinen Verwandten das Zeug ins Essen gemischt, weil es Streit gegeben hat. So eine kindische Reaktion würde ich ihm jedenfalls zutrauen. Paul Blome litt vielleicht unter einer Vorerkrankung, von der wir noch nichts wissen. Daher könnte die Dosis bei ihm tödlich gewesen sein, während Sylvia Blome ‚nur' der Magen ausgepumpt werden musste.«

Enno lächelte und erwiderte: »Es gibt also nicht nur *Liebe*, sondern auch *Widerwillen* auf den ersten Blick. Mir war sofort klar, dass du Drescher nicht magst.«

»Ist das so offensichtlich? – Ja, ich gebe es zu. Ich fand ihn sofort unsympathisch. Und es macht mich fertig, dass du in Zusammenhang mit ihm von Liebe sprichst. Lass es mich so ausdrücken: Wenn alle

Männer so wären wie er, dann würde ich mich im nächstbesten Nonnenkloster einquartieren!«

Der Oberkommissar lachte lauthals: »Mir fehlt die Fantasie, um mir dich als eine Ordensschwester vorzustellen. – Falls es sich bei den Tabletten wirklich um die Substanz handelt, mit der die Blomes vergiftet worden sind, dann haben wir in Rekordzeit einen Verdächtigen ermitteln können.«

»Ich frage mich, warum Sylvia Blome ihren Neffen unerwähnt ließ«, dachte Mona laut nach. Sie fuhr fort: »Die naheliegendste Antwort wäre, dass Drescher ihr peinlich ist. Das könnte ich sogar verstehen. Andererseits – warum traut sie ausschließlich ihrem Ehemann zu, ihr nach dem Leben trachten zu wollen? Hätte sie uns nicht wenigstens sagen können, dass sich noch eine weitere Person im Ferienhaus aufhält?«

»Du darfst ihren Gesundheitszustand nicht vergessen«, gab Enno zu bedenken. »Ihr wurde vor Kurzem der Magen ausgepumpt, da fühlt man sich wahrscheinlich nicht gerade wie das blühende Leben.«

Mit dieser Bemerkung hatte der Oberkommissar natürlich recht. Nachdem die beiden wieder auf der Wache eingetroffen waren, überprüfte Mona zunächst in den polizeilichen Datenbanken den Namen Julian Drescher – und wurde prompt fündig: »Unser junger Freund ist kein unbeschriebenes Blatt, Enno! Er ist zweimal als Jugendlicher und einmal als Heranwachsender verurteilt worden, und zwar in seiner Heimatstadt Kassel. Die Delikte: Betrug, Urkundenfälschung und Hehlerei.«

»Keine Gewalttaten, aber auch keine Drogenvergehen«, stellte der Ostfriese fest und fügte hinzu: »Das muss allerdings nichts zu bedeuten haben. Drescher scheint jede Gelegenheit zum illegalen Geldverdienen am Schopf zu packen. Außerdem werden vom System nur die rechtskräftigen Verurteilungen erfasst. Wer weiß, wie oft er schon aus Mangel an Beweisen laufen gelassen werden musste. Es deutet alles auf eine klassische kleinkriminelle Karriere hin.«

Die Kommissarin nickte: »Ja, laut seiner Akte hat Drescher eine Berufsausbildung als Mechatroniker abgebrochen und ist momentan als arbeitssuchend gemeldet – man findet aber garantiert keinen Job, indem man auf Borkum an der Matratze horcht. Vielleicht sollten wir ihn bei seinem Bewährungshelfer verpetzen?«

»Eins nach dem anderen«, bremste Enno sie, »jetzt müssen wir erst einmal mit dem Chef sprechen. Er wartet bestimmt schon auf unseren Zwischenbericht.«

Kapitel 4

Als sie wenig später das Büro des Dienststellenleiters betraten, war Hauptkommissar Hinrich Oltbecks gequält wirkende Miene nicht zu übersehen. Es war deutlich, dass ihm die Neuigkeiten missfielen – durch Grietje hatte er ja bereits von den Ereignissen erfahren. Er musterte die Kommissarin, verkniff sich aber eine Bemerkung. Den für eine Zivilpolizistin unkonventionellen Kleidungsstil seiner Untergebenen kommentierte der Chef nicht, weil er wahrscheinlich mit einer heftigen Gegenreaktion rechnete. Die Kommissarin nahm bekanntlich kein Blatt vor den Mund. Immerhin bemühte er sich wacker, Monas bloße Oberschenkel nicht zu offensichtlich anzustarren. Sie unterdrückte ein Lächeln und nahm sich vor, nie wieder bei der Arbeit Shorts zu tragen. *Ich will ja nicht dafür verantwortlich sein, wenn Oltbeck Herzprobleme bekommt,* dachte sie. Nachdem die Kommissare auf den Besucherstühlen Platz genommen hatten, schilderte Enno kurz die bisher bekannten Fakten. Und seine Kollegin erzählte, wie sie die letzten Momente in Paul Blomes Leben mitbekommen hatte. Oltbeck fragte: »Gab der Mann noch Worte von sich, die zur Aufklärung des Falls beitragen könnten?«

»Er bezeichnete mich als *seine Retterin*. Leider konnte ich nicht dafür sorgen, dass er überlebt. Blome schien zu spüren, dass es mit ihm zu Ende ging. Eventuell kannte er sogar seinen Mörder – aber das ist pure Spekulation.«

»Sie sollten nicht länger im Nebel stochern, Frau Sander und Herr Moll«, forderte Oltbeck. »Wenn ich es richtig sehe, haben Sie bereits einen Verdächtigen ermitteln können. Finden Sie heraus, aus welchem Grund dieser Julian Drescher seinen Onkel und seine Tante hätte vergiften wollen. Er hat ja offenbar schon in der Vergangenheit kriminelle Energie bewiesen.«

»Noch ist bei dem jungen Mann kein Mordmotiv erkennbar«, gab Enno zu bedenken. »Er schien über das Schicksal der Blomes schockiert zu sein.«

Der Vorgesetzte schüttelte den Kopf: »Muss ich Ihnen wirklich erklären, dass man Kriminellen grundsätzlich nicht trauen darf? Drescher verfügt nach Ihren eigenen Worten über keine abgeschlossene Ausbildung – trotzdem kann er schauspielerisch begabt sein und Ihnen den mitfühlenden Neffen vorgespielt haben.«

Plötzlich wurde die Tür aufgerissen und Grietje stürmte herein. Oltbecks Gesicht lief rot an und er schlug mit der Faust auf den Tisch: »Mir wäre fast das Herz stehen geblieben! Wie oft muss ich Ihnen eigentlich noch sagen, dass man vor dem Eintreten anklopft, Frau Smit?«

Falls die Polizeimeisterin sich den Anpfiff zu Herzen nahm, ließ sie es sich jedenfalls nicht anmerken.

»Entschuldigung, aber mir wurde soeben ein Mord angezeigt. Und da die Kommissare nicht in ihrem Dienstzimmer waren, habe ich sie bei Ihnen gesucht«, gab die junge Kollegin zurück. Der Chef starrte sie immer noch missbilligend an. *Wenigstens hat Grietje diesmal kein Kaugummi im Mund,* dachte Mona. Die neue Hiobsbotschaft gab Oltbeck den Rest: »Zwei Tötungsdelikte an einem Tag auf unserer friedlichen Insel – das darf doch nicht wahr sein.«

»Nee, es handelt sich nicht um eine weitere Straftat«, erklärte Grietje. »Die Melderin ist wegen des Mannes hier, dessen Tod Mona, äh, Frau Sander am Strand miterlebt hat. Und sie sagt aus, dass sie die Mörderin kennt.«

Die Aussicht, das Verbrechen noch am selben Tag aufgeklärt zu sehen, verbesserte die Stimmung des Vorgesetzten schlagartig: »Gut, dann sollten wir an dieser Stelle unsere Besprechung vertagen. Nehmen Sie die Aussage auf und finden Sie heraus, ob die Anschuldigung Hand und Fuß hat. – Und wenn Sie, Frau Smit, wieder eine Fortbildung beantragen wollen, sollten Sie diesmal über ein Seminar zum Thema *Gutes Benehmen* nachdenken.«

»Nee, dann lerne ich lieber Finnisch«, erwiderte Grietje. Oltbeck seufzte und machte eine Handbewegung, als ob er Insekten verscheuchen wollte. Die Kommissare und die Polizeimeisterin verließen sein Büro.

»Finnisch? Ist das dein Ernst?«, fragte Mona, nachdem die Tür geschlossen war. »Hat sich jemals ein Tourist aus diesem skandinavischen Land nach Borkum verirrt?«

»Man muss auf alles vorbereitet sein«, erwiderte die junge Kollegin altklug. »Außerdem sind meine Manieren tadellos, so einen Kurs brauche ich überhaupt nicht. – Die Dame wartet übrigens im Vorraum auf euch.«

Die Ermittler folgten Grietje ins Wachlokal, wo eine Frau auf der Holzbank neben der Eingangstür saß. Nach Monas Einschätzung war die Melderin ungefähr so alt wie sie selbst, also Anfang dreißig. Sie war modisch, aber dezent gekleidet – weiße Jeans, Sandalen mit Keilabsatz, weiß-blau gestreifte Bluse. Ihr dunkelbraunes Haar trug sie hochgesteckt. Die Kommissarin wurde von ihr mit einem irritierten Blick bedacht. Offenbar fand sie das Erscheinungsbild der Ermittlerin unpassend. Mona stellte ihren Kollegen und sich selbst mit Namen und Dienstgrad vor.

»Ich habe Sie vorhin schon am Strand gesehen«, sagte die Frau, deren Name Tina Schiffer lautete. »Als ich mitbekam, dass Paul starb, war ich vor Entsetzen wie gelähmt. Wenn ich gewusst hätte, dass Sie Polizistin sind, wäre ich da schon auf Sie zugekommen.«

Die Kommissarin runzelte die Stirn. Tina Schiffer war also ebenfalls am Strand gewesen? Das konnte durchaus sein – auf der weiten ebenen Sandfläche konnte man bei gutem Wetter sehr weit blicken. Und natürlich hatten etliche Badegäste aus weiterer Entfernung beobachtet, wie Mona und später Dr. Siemers versucht hatten, Blomes Leben zu retten.

»Am besten besprechen wir alles in Ruhe bei einer Tasse Tee«, schlug Enno vor und machte eine einladende Handbewegung. Wenig später saß Tina Schiffer auf Monas Besucherstuhl in ihrem Dienstzimmer. Während ihr Kollege sich um die Zubereitung des Heißgetränks kümmerte, nahm die Kommissarin schon mal die Personalien der Melderin auf. Frau Schiffer hieß eigentlich Bettina mit Vornamen, wollte aber nur Tina gerufen werden. Sie wohnte ebenfalls in Kassel und arbeitete als Krankengymnastin.

»Sie nannten eben gerade den Vornamen des Toten«, erinnerte Mona, »demnach kannten Sie ihn näher?«

Auf Tina Schiffers Lippen erschien ein traurig wirkendes Lächeln: »Das kann man wohl sagen, Frau Sander. Paul und ich haben einander geliebt. Sein Faible für das Strandsegeln war nämlich nur ein Vorwand, um ohne seine Ehefrau etwas unternehmen zu können. Sylvia macht sich nichts aus Sport. Seine Trainingsstunden sollten ihm dazu dienen, sich unauffällig mit mir treffen zu können. Ich wartete, bis er seine Runde gedreht hatte – und dann geschah dieses schreckliche Desaster. Mir war sofort bewusst, dass Sylvia dahinterstecken musste!«

Mona versuchte, sich in diese Frau hineinzuversetzen. Für die Kommissarin wäre es nicht vorstellbar gewesen, sich in eine Ehe zu drängen. Aber wenn sie sich nun wirklich in einen verheirateten Mann verliebt hätte und miterleben musste, wie er verunglückte –

würde sie dann nicht spontan versucht haben, ihm zu helfen? Mona hätte gewiss so gehandelt, aber die Menschen reagierten eben höchst unterschiedlich. Es konnte ja durchaus sein, dass Tina Schiffer in eine Art Schockstarre verfallen war. Es gab eine kurze Unterbrechung des Gesprächs, weil Enno nun mit dem Tee hereinkam. Nachdem alle Anwesenden sich mit der starken Assam-Mischung versorgt hatten, fragte der Oberkommissar: »Hat Herr Blome bei früheren Gelegenheiten gesagt, dass er sich von seiner Ehefrau bedroht fühlte?«

Tina Schiffer antwortete ausweichend: »Die Ehe war schon lange nicht mehr glücklich, Herr Moll. Meiner Meinung nach ist Paul nur aus Mitleid bei Sylvia geblieben. Er ahnte wohl, dass sie bei einer Scheidung durchdrehen würde.«

»Hatte er denn konkrete Pläne, seine Frau zu verlassen?«, wollte Mona wissen. Die Geliebte machte eine hilflos wirkende Geste: »Wenn ich das nur wüsste! Paul kündigte für unser heutiges Treffen eine Überraschung an – und damit hat er gewiss nicht seinen Gifttod gemeint!«

Sie begann zu weinen. Mona und Enno tauschten einen Blick. Woher konnte Tina Schiffer wissen, auf welche Art Blome ums Leben gekommen war? Bisher handelte es sich nur um eine Vermutung, die erst noch durch die Obduktion bestätigt werden musste. Und selbst diesen Verdacht hatten die Polizisten der Melderin gegenüber bisher nicht erwähnt. Mona musste sich auf die Zunge beißen und hoffte, dass man ihr aufkommendes Misstrauen nicht an ihrem Gesichtsausdruck erkennen konnte.

»Wie gut kennen Sie Sylvia Blome eigentlich?«, wollte der Oberkommissar wissen.

»Ich weiß, dass sie Apothekerin ist«, lautete die ausweichende Antwort. »Sie muss erfahren haben, was Paul plante. Und weil sie uns unser Glück nicht gegönnt hat, setzte sie ihre beruflichen Fähigkeiten zu seinem Verderben ein. – Nehmen Sie diese Furie jetzt fest?«

Als ob alle Apotheker Giftmischer wären!, dachte Mona. Sie sagte: »Solange wir keine Beweise haben, werden wir in alle Richtungen ermitteln. Gibt es noch andere Personen, die Ihrem Mann nach dem Leben getrachtet haben könnten? Wie sieht es mit beruflichen Kontakten aus? Hatte er mit jemandem Schwierigkeiten?«

Tina Schiffer warf der Kommissarin einen vernichtenden Blick zu: »Glauben Sie mir etwa nicht? Dieses Eheweib hat ihn auf dem Gewissen, das ist doch wohl klar.«

»Sie müssen mir nicht erklären, wie ich meinen Job zu erledigen habe!«, feuerte Mona zurück. Enno ergänzte beschwichtigend: »Wir müssen allen Hinweisen nachgehen – und sei es auch nur, um andere Tatverdächtige ausschließen zu können. Sie wünschen sich doch gewiss, dass die richtige Person zur Rechenschaft gezogen wird.«

Es war, als würde Tina Schiffer erst jetzt die Anwesenheit des Oberkommissars richtig wahrnehmen. Und dabei konnte man den wuchtigen Ostfriesen schon allein aufgrund seiner Größe unmöglich übersehen. Immerhin schien sein Tonfall eine beruhigende Wirkung auf sie auszuüben.

»Paul war ein sehr erfolgreicher unabhängiger Versicherungsmakler«, sagte die Melderin, wobei sie Mona nun komplett ignorierte und sich demonstrativ Enno zuwandte. Sie fuhr fort: »Sylvia ist seine Alleinerbin, soweit ich weiß. Er dürfte sich im Lauf der Jahre ein hübsches Vermögen erarbeitet haben, das ihr nun komplett in die Hände fällt. Darum ist es ja so wichtig, dass Sie diese Person stattdessen ihrer gerechten Strafe zuführen.«

Wie oft will sie uns ihre Meinung eigentlich noch einhämmern?, dachte Mona genervt. Enno fragte: »Wie lautet Ihre Ferienadresse auf Borkum, Frau Schiffer?«

»Ich bin in der *Pension Flunder* untergebracht. Meine Mobilnummer können Sie natürlich auch bekommen«, erwiderte sie und nannte eine Zahlenfolge. Dann erhob sie sich von ihrem Stuhl: »Ich möchte jetzt allein sein, wenn es Ihnen nichts ausmacht. Und ich hoffe darauf, dass Sie Sylvia nicht ungeschoren davonkommen lassen.«

»Ich begleite Sie hinaus«, bot Enno an. Tina Schiffer würdigte Mona keines weiteren Blickes und rauschte aus dem Raum, gefolgt von dem Oberkommissar. Wenig später kehrte er allein zurück.

»Ihr zwei werdet keine Freundinnen mehr, schätze ich.«

»Wunderst du dich darüber, Enno? Ehrlich gesagt weiß ich nicht, was ich von dieser Frau halten soll. Ist sie tatsächlich Blomes Geliebte gewesen? Oder wollte sie uns verschaukeln? Fest steht, dass sie etwas gegen die Witwe hat.«

»Ja, das ist offensichtlich«, stimmte der Oberkommissar zu. »Und ihre Geschichte kommt mir unglaubwürdig vor. Wenn das Strandsegeln für Blome nur ein Vorwand war, um zu seiner Freundin schleichen zu können – warum setzt er sich dann überhaupt in so ein Fahrzeug und geht nicht gleich in die *Pension Flunder*, um dort mit Tina Schiffer die Zweisamkeit zu genießen?«

Seine Kollegin zuckte mit den Schultern: »Auf diese Frage fällt mir auch keine plausible Antwort ein. Er könnte den Verdacht gehabt haben, dass seine Frau ihm hinterherspioniert. Das Strandsegeln ist eine hervorragende Möglichkeit, einem Verfolger zu entkommen. Du weißt doch auch, wie schnell diese Wagen werden können. Und wenn man in einem solchen Gefährt den Bereich des belebten Strandes verlassen hat, ist man ganz allein auf der weiten Sandfläche. Abgesehen natürlich von den anderen Strandseglern.«

Enno führte den Gedanken weiter: »Ja, das leuchtet mir ein. Aber wäre es dann nicht sinnvoller, wenn Tina Schiffer sich ebenfalls so einen Wagen geliehen hätte, um ihren Geliebten irgendwo an einem wildromantischen einsamen Plätzchen zwischen den Dünen zu treffen? Oder sie hätte sich von vornherein an einer Stelle einfinden müssen, wo man von anderen Menschen garantiert nicht gestört wird. Das kommt mir reichlich unrealistisch vor. Ich kenne Jolanta Freerks von der *Pension Flunder* – sie ist kein Moralapostel und würde einem weiblichen Gast garantiert nicht vorschreiben, ob sie Herrenbesuch empfangen darf. Wir sollten nicht davon ausgehen, dass Blome und Tina Schiffer wirklich eine Liebesbeziehung hatten. Momentan wissen wir noch viel zu wenig über das Opfer und die beiden Frauen, von denen die eine die andere des Mordes bezichtigt und die andere behauptet, dass ihr Ehemann sie vergiften wollte.«

»Und da ist ja auch noch mein spezieller Freund Drescher, den ich für ziemlich undurchsichtig halte«, fügte Mona hinzu.

»An Verdächtigen herrscht also kein Mangel«, stellte der erfahrene Kriminalist fest. Er fügte hinzu: »Wenn Paul und Sylvia Blome gleichzeitig vergiftet wurden, dann kann das wahrscheinlich beim Frühstück geschehen sein. Und dieser Umstand spricht gegen Tina Schiffer als Täterin. Sie wird sich wohl kaum in demselben Haus wie ihre Rivalin befunden haben. Außerdem – warum sollte sie sowohl ihren Geliebten als auch dessen Ehefrau umbringen wollen? Das ergibt keinen Sinn.«

Mona schnippte mit den Fingern: »Es sei denn, Blome hätte ihr den Laufpass gegeben, um seine Ehe zu retten. Tina Schiffers Rache sollte dann die beiden Personen vernichten, die ihre Pläne durchkreuzt haben. Sie wollte sozusagen verbrannte Erde hinterlassen.«

»Das klingt reichlich finster, wäre aber möglich«, gab der Oberkommissar zu. Er ergänzte: »Die Spurensicherung wird das Ferienhaus auf den Kopf stellen. Wahrscheinlich sind die Kollegen schon vor Ort. Währenddessen können wir uns noch mal Drescher vorknöpfen.«

Mona schaute auf die Uhr: »Das Kriminaltechnik-Team müsste inzwischen dort eingetroffen sein.«

Mit dieser Einschätzung behielt sie recht. Als die beiden wenig später zum Alten Damenpfad zurückkehrten, stand Drescher im Garten wie bestellt und nicht abgeholt.

»Das Haus wird durchsucht, was soll der Mist?«, rief er anklagend.

»Haben Sie schon wieder vergessen, dass Ihr Onkel ermordet wurde?«, feuerte die Kriminalistin zurück. Sie fuhr fort: »Und überhaupt: Warum besuchen Sie eigentlich nicht Ihre Tante im Krankenhaus? Wir haben Ihnen mitgeteilt, dass sie dort behandelt wird.«

»Das wollte ich ja tun«, behauptete der junge Mann, »aber erst nach dem Frühstück. Und jetzt kann ich noch nicht mal in die Küche gehen!«

Es war inzwischen fast Mittag, aber ein Langschläfer wie Drescher hatte natürlich andere Vorstellungen von Zeit wie ein normal arbeitender Mensch.

»Heute ist Ihr Glückstag, wir laden Sie zum Frühstück ein«, bot Enno an, »Währenddessen können Sie uns ein wenig mehr über die Blomes erzählen. Und danach begleiten wir Sie zum Krankenhaus, einverstanden?!«

Drescher war anzusehen, wie wenig ihm dieser Vorschlag zusagte. Aber ihm schien keine Ausrede einzufallen, die eine Ablehnung gerechtfertigt hätte. Also stimmte er zögernd zu.

Kapitel 5

Der Ostfriese übernahm die Führung und stiefelte gemeinsam mit Mona und Drescher zur *Black Pearl* in der Bismarckstraße. Dort bestellte er das reichhaltige Piraten-Frühstück mit Lachs, Frischkäse und allem Drum und Dran. Mona gab sich mit einem Tee zufrieden; sie war weniger an den kulinarischen Köstlichkeiten als an der Aufklärung des Mordfalls interessiert. Ihr Kollege versuchte hingegen, das Angenehme mit dem Nützlichen zu verbinden. Der Oberkommissar war dafür bekannt, dass er für sein Leben gern aß. Die drei hatten in einer ruhigen Ecke des Außenbereichs Platz genommen, wo sie ungestört miteinander sprechen konnten. Nachdem das Frühstück serviert worden war, schnappte Enno sich ein Croissant und kam sofort zur Sache: »Sie sind ein wichtiger Zeuge für uns, Herr Drescher!«

»Wieso das denn? Ich war nicht dabei, als mein Onkel … als er …«

»Dies ist uns bekannt, denn Paul Blome starb quasi in meinen Armen«, erklärte Mona – und hätte sich im nächsten Moment am liebsten auf die Zunge gebissen. *Das hört sich so an, als ob ich mit ihm im Bett gewesen wäre,* dachte sie. Also schob sie schnell eine Erklärung hinterher, indem sie die Todesumstände des Mordopfers schilderte. Drescher warf ihr einen verständnislosen Blick zu: »Ja, aber dann wissen Sie doch, dass ich gar kein Zeuge sein kann!«

Ist der so doof oder tut er nur so? Diese Frage stellte die Kriminalistin sich ernsthaft. Enno erklärte geduldig: »Zeuge zu sein bedeutet nicht zwangsläufig, etwas mit eigenen Augen oder Ohren mitbekommen zu haben. Für uns sind Sie eher so etwas wie ein Leumundszeuge – jemand, der uns Näheres über die Ehe des Ermordeten mitteilen kann. Wir möchten die Persönlichkeiten Paul und Sylvia Blome besser einschätzen können. Sie sind ein direkter Verwandter, leben mit dem Ehepaar unter einem Dach. Da werden Sie das eine oder andere mitbekommen haben.«

Der junge Mann warf Enno einen glasigen Blick zu. *Man kann förmlich sehen, wie die Zahnräder hinter seiner Stirn zu rattern beginnen,* dachte Mona. Immerhin hatten die Polizisten bei ihm Pillen von fragwürdiger Herkunft beschlagnahmt. Es war nur eine Frage der Zeit, bis sie die Wirkung dieser Substanz erfahren würden. Vielleicht hoffte er ja darauf, durch sein Entgegenkommen eine mildere Strafe zu erhalten. Jedenfalls öffnete er nun wieder den Mund.

»Sie meinen – ob zwischen Onkel und Tante die Fetzen geflogen sind?«, fragte Drescher grinsend. »Oder ob sie gar nicht aus dem Schlafzimmer herauskamen?«

»Ja, klären Sie uns auf!«, stieß Mona ungeduldig hervor. »Und haben Sie keine Hemmungen – Oberkommissar Moll und ich sind erwachsen. In unserem Beruf geschieht es selten, dass uns die Schamröte ins Gesicht steigt!«

»Dafür gibt es sowieso keinen Anlass«, behauptete der junge Mann, »denn zwischen den beiden herrscht Funkstille, wenn Sie verstehen, was ich meine. Sie streiten nicht miteinander, gehen jeder ihre eigenen Wege.«

»Wollen Sie uns veräppeln?«, fauchte Mona. »Die Eheleute teilen sich ein Doppelbett, obwohl in dem Ferienhaus noch ein weiteres Schlafzimmer leer steht. Für mich sieht das nicht nach einer Entfremdung zwischen den beiden aus.«

Drescher setzte eine verständnislose Miene auf. Vielleicht wusste er einfach nicht, was der Begriff *Entfremdung* zu bedeuten hatte.

»Denken Sie, was Sie für richtig halten«, gab er bockig zurück. »Sie wollten von mir eine Aussage als Leutnantzeuge, oder? Ich habe mich nicht darum gerissen.«

Die Kommissarin konnte es nicht ausstehen, wenn sich jemand über sie lustig machte. Aber – verhielt es sich wirklich so? Bisher deutete bei Drescher nichts auf eine messerscharfe Intelligenz hin. Es war ihm durchaus zuzutrauen, das ihm unbekannte Wort Leumundszeuge missverstanden zu haben. Der Oberkommissar ließ sich davon nicht irritieren: »Vergessen wir das Schlafzimmer einmal für den Moment, einverstanden? Was ist denn mit diesem Hobby Ihres Onkels, dem Strandsegeln? Hatte Ihre Tante dagegen keine Einwände? Meine Frau würde bestimmt nicht begeistert sein, wenn ich mir so eine gefährliche Freizeitbeschäftigung suchte.«

Drescher musterte den Ostfriesen.

Wenn du eine dumme Bemerkung über Ennos Figur machst, landet das Rührei in deiner dämlichen Visage! Es war gar nicht nötig, dass Mona diese Drohung offen aussprach. Ihr Gesichtsausdruck schien genau widerzuspiegeln, was sie empfand. Er wich ihrem Blick aus und tat so, als ob er sich für die vorbei flanierenden Urlauber auf der Bismarckstraße interessieren würde. Sie schien ihn wirklich eingeschüchtert zu haben, ohne dass ein Wort über ihre Lippen kommen musste. Jedenfalls verzichtete Drescher auf eine entsprechende Anspielung und erwiderte: »Ja, das Strandsegeln. Irre, auf was für Ideen die Leute kommen! Da kann man sich bestimmt den Hals brechen, genau wie beim Kite-Surfen. Mir dreht sich schon der Magen um, wenn ich diesen Sportlern nur zusehe. Ich hab mir aus sicherer Entfernung einmal angeschaut, wie Onkel Paul dort trainiert hat. Mich hätten keine zehn Pferde in so eine fliegende Kiste gekriegt, aber ihn hatte wohl der sportliche Ehrgeiz gepackt. Er ging mehrmals täglich zum Strand, ist sogar manchmal frühmorgens aufgebrochen, um schon in der Dämmerung dort seine Runden drehen zu können. Das habe ich mal mitgekriegt, weil ich von den Geräuschen im Ferienhaus wach geworden bin. Ich fragte Tante Sylvia, warum ihr Mann um diese Uhrzeit abhaut. Da hat sie mir erzählt, dass er bereits frühmorgens zum Strandsegeln geht. Verrückt, oder?«

Da konnte Mona dem jungen Mann nur beipflichten, wenn auch aus einem anderen Grund. Sie wusste nämlich, dass Henning Kolb erst ab 10 Uhr morgens seinen Strandsegler-Verleih öffnete. Also hatte Blome gelogen – weil er sich zu Tina Schiffer schleichen wollte? Das wäre immerhin eine plausiblere Erklärung. Zu dieser frühen Stunde würde in der *Pension Flunder* gewiss niemand merken, wenn die Urlauberin Herrenbesuch empfing. Und bevor das Frühstück für die Feriengäste aufgetragen wurde, konnte ihr Liebhaber schon wieder verschwunden sein. Hatte seine fortgesetzte Untreue die Ehefrau zum Gift greifen lassen? Aber warum war sie selbst einer Intoxikation zum Opfer gefallen? Oder hatte sie sich absichtlich eine geringere Dosis verpasst, um nicht in Verdacht zu geraten? Als Apothekerin verfügte sie gewiss über genügend Fachwissen für eine solche List. Während die Kommissarin diese Überlegungen anstellte, fragte ihr Kollege weiter: »Also haben Sie Ihrer Tante Gesellschaft geleistet, wenn ihr Onkel nicht daheim war?«

Der junge Mann lächelte, als Enno Sylvia Blome erwähnte. Drescher antwortete: »Manchmal schon, Herr Moll. Tante Sylvia hat sich ihren Urlaub sicher anders vorgestellt, als allein im Ferienhaus zu hocken oder am Strand spazieren zu gehen. Ich weiß ja, dass sie einen anstrengenden Beruf hat. Also bot ich ihr an, mit mir gemeinsam abzuhängen.«

Abhängen kannst du garantiert gut, dachte Mona ironisch. Doch bevor sie einen passenden Satz vom Stapel lassen konnte, sagte Enno: »Apropos: Sie haben uns noch gar nicht verraten, was Sie beruflich machen.«

»Ich bin Künstleragent«, erwiderte Drescher und setzte sich aufrecht hin. Bisher hatte er auf seinem Stuhl gehangen, als ob er ein Gummimensch wäre.

»Wen vertreten Sie denn so?«, hakte der Oberkommissar nach.

»Momentan ist mein Geschäft noch in der Aufbauphase.«

»Was für ein Glück – andernfalls hätten Sie wohl keine Zeit für einen ausgiebigen Borkumurlaub und könnten sich vor Aufträgen gar nicht retten«, höhnte Mona. Falls dem jungen Mann ihre Ironie auffiel, ließ er es sich jedenfalls nicht anmerken. Enno senkte die Stimme und schaute Drescher an, als ob er sein bester Freund wäre: »Wer könnte denn Ihrer Meinung nach Paul Blome so gehasst haben, dass ein Mord vorstellbar gewesen wäre?«

»Mein Onkel hat ja Versicherungen vermittelt«, gab Drescher nach kurzem Nachdenken zurück. »und manche seiner Kunden waren wohl nicht begeistert von seiner Beratung. Er wurde mal von einem Kerl bedroht, dem er eine Alimentenschadenversicherung angedreht hatte ...«

»Sie meinen Elementarschadenversicherung.«

»Hab ich doch gesagt, Herr Moll. – Dieser Typ fühlte sich jedenfalls verschaukelt, weil sein Haus bei einem Erdrutsch völlig geschrottet wurde und die Versicherung nicht ausreichte. Er ging vor Gericht und verklagte die Gesellschaft. Aber der Richter gab Onkel Paul recht. Daraufhin schwor dieser Kunde ihm Rache.«

»Hat der Mann auch einen Namen?«, fragte Mona, die fleißig mitschrieb.

»Den hab ich vergessen. – Tante Sylvia wird ihn aber noch wissen.«

»Wie genau ist eigentlich das Verwandtschaftsverhältnis zwischen den Blomes und Ihnen?«

»Onkel Paul war ein Bruder meiner Mutter, die mit Mädchennamen ebenfalls Blome hieß«, lautete die Antwort. »Mit meinen Eltern verstehe ich mich nicht so gut, sie können meine beruflichen Entscheidungen nicht verstehen – sind halt ein bisschen spießig, die Guten.«

Während der Befragung war das Frühstück weitergegangen, wobei der größte Teil der aufgefahrenen Leckereien von Enno verspeist worden war. Der Oberkommissar wischte sich die Lippen mit einer Serviette ab: »Ich möchte zum Schluss gern noch wissen, was für eine Art von Tabletten wir bei Ihnen sichergestellt haben. Sie wollten sich dazu ja zunächst nicht äußern, aber inzwischen haben Sie sich sehr kooperativ verhalten.«

»Das sind neuartige Vitaminpräparate, völlig legal«, behauptete der junge Mann, »deshalb gibt es noch keine offizielle Verpackung.«

Enno tat so, als ob er ihm glauben würde: »Ich verstehe. – Wahrscheinlich sind die Kollegen von der Spurensicherung im Ferienhaus bald fertig. Und jetzt fahren wir alle gemeinsam zum Stadtkrankenhaus.«

Nachdem der Oberkommissar gezahlt hatte, gingen sie zur Polizeistation zurück. Der Dienstwagen ohne Polizeimarkierung war hinter dem Gebäude geparkt. Die Ermittler nahmen Drescher zu seiner Tante mit. Zunächst gingen Mona und Enno zu der behandelnden Ärztin.

»Wie geht es Frau Blome jetzt?«, wollte die Kommissarin von Dr. Christine Hoffmann wissen. Dann deutete sie auf Drescher: »Dieser junge Herr ist ihr Neffe.«

»Frau Blome ist wegen der Aufregung noch etwas angeschlagen, muss aber nicht weiter stationär versorgt werden. Sie kann nach Hause gehen, sollte sich aber schonen und viel Wasser sowie Tee trinken.«

»Darum kümmere ich mich!«, versicherte Drescher. »Ich will jetzt zu ihr!«

Die Lethargie schien von ihm abgefallen zu sein. Und Mona war sicher, dass dies nicht am Frühstückstee lag. Der junge Mann konnte kaum gebremst werden. Nachdem die Ärztin ihnen mitgeteilt hatte, in welchem Zimmer Sylvia Blome lag, eilte Drescher sofort dorthin. Er klopfte kurz an und betrat den Raum. Mona und Enno folgten ihm. Die Patientin lag im Bett. Sie zuckte zusammen, als sie ihren Neffen erblickte: »J… Julian! Das ist ja eine Überraschung!«

Mehr konnte sie momentan nicht sagen, denn er umarmte sie jetzt und bedeckte ihr Gesicht mit Küssen. Die Kommissare warteten noch einen Moment lang, aber es erschien aussichtslos, die Frau jetzt eingehender befragen zu wollen. Sie erwiderte nun Dreschers Zärtlichkeiten.

»Wir kommen später zu Ihnen, weiterhin gute Besserung!«, sagte Enno freundlich, bevor er die Tür wieder von außen verschloss.

»Denkst du, was ich denke?«, fragte Mona, nachdem sie das Krankenhaus wieder verlassen hatten. Der Oberkommissar nickte: »Da sind stärkere Gefühle zwischen Sylvia Blome und Julian Drescher vorhanden, als man bei einer Tante und ihrem Neffen annehmen könnte. Zumindest er ist bis über beide Ohren in sie verknallt. Ich frage mich, ob diese Empfindung zu dem Mord an Blome geführt haben könnte.«

Kapitel 6

Mona erinnerte sich an die erste Begegnung mit Sylvia Blome: »Warum hat sie nicht erwähnt, dass noch eine weitere Person im Ferienhaus wohnt? Diese Frage hätte ich ihr eben gern gestellt, aber nicht in Gegenwart von Drescher – wer hätte gedacht, dass dieser Schlaffi so eine Leidenschaft zeigt?«

Der Ostfriese hatte inzwischen den Motor angelassen und steuerte die Wache an: »Wir können nur darüber spekulieren, warum die Dame ihren Neffen ›unter den Teppich kehren‹ wollte. Eine Erklärung wäre, dass sie eine so emotionale Reaktion von ihm erwartet hatte und befürchtete, dadurch unseren Verdacht auf sie zu lenken.«

»Zumindest in meinem Fall hat das jedenfalls geklappt«, gab Mona zu und ergänzte: »Ihre Besorgnis, dass es weitere Giftopfer geben könnte, schien echt zu sein. Erinnerst du dich an ihre Worte? Sie befürchtete, dass es Drescher ebenfalls erwischt haben könnte – ohne seinen Namen zu nennen.«

Die Kommissare stiegen aus dem Auto und gingen wieder in ihr Dienstzimmer.

»Drescher ist also ›Künstleragent‹, was sich in seinem Fall wohl am besten mit ›Faulenzer‹ übersetzen lässt«, meinte Enno schmunzelnd, wurde aber gleich darauf ernst: »Die Pillen, die wir bei ihm gefunden haben, könnten als Eigenbedarf durchgehen – falls es Drogen sind, was ich vermute. Oder er ist ein Kleindealer, der sich mit bescheidenen Verkäufen seinen Lebensunterhalt verdient.«

»Könnte seine Tante ihm verschreibungspflichtige Medikamente beschaffen?«, dachte seine Kollegin laut nach.

»Theoretisch ist das möglich, aber Sylvia Blome würde dadurch ihre ganze berufliche Existenz aufs Spiel setzen, Mona. Du weißt selbst, was ihr blüht, wenn sich verschreibungspflichtige Betäubungsmittel zu ihr zurückverfolgen lassen. Dann ist sie nämlich die längste Zeit Apothekerin gewesen, und die Anklage vor Gericht kommt noch als Sahnehäubchen obendrauf.«

»Ein solches Risiko eingehen wegen eines Würstchens wie Drescher?«, fragte Mona und schob die Antwort gleich nach: »Eben gerade schienen ihr seine Liebesbekundungen eher unangenehm zu sein. Das könnte aber auch daran liegen, dass wir dabei waren. – Und da Drescher nicht verraten will, welche Wirkstoffe seine Pillen wirklich enthalten, müssen wir wohl einfach die Ergebnisse aus dem Kriminallabor abwarten. Falls es sich um eine Mixtur aus einer Drogen-Hexenküche handelt, ist Frau Blome aus dem Schneider.«

»Nicht ganz«, widersprach Enno. »Auch eine Apothekerin ist dazu fähig, aus völlig harmlosen Substanzen ein Betäubungsmittel herzustellen. Sie selbst ist von ihrem ganzen Erscheinungsbild her schon nicht in der Lage, das Zeug an den Endverbraucher zu bringen. Das sieht bei Drescher ganz anders aus. Die beiden könnten eine fruchtbare Symbiose eingehen.«

»So wie wir, meinst du?!«

Mit diesen Worten ließ Mona sich übermütig auf seinen Schoß fallen und schlang die Arme um seinen Nacken, woraufhin er knallrot anlief. Manchmal stach sie der Hafer – und sie amüsierte sich darüber, ihn in Verlegenheit gebracht zu haben. In diesem Moment platzte Grietje herein und warf schwungvoll eine Mappe auf den Schreibtisch: »Ich störe euch ja nur ungern bei eurer Lieblingsbeschäftigung – aber hier ist die heutige Dienstpost.«

»*Koputtaa*!«, warf Mona der frechen Polizeimeisterin an den Kopf.

»Was soll das bedeuten?«

»Das ist deine erste finnische Vokabel, liebe Kollegin! Du wolltest doch diese Sprache lernen, erinnerst du dich? *Koputtaa* bedeutet anklopfen – und nun raus mit dir!«

Grietje war baff. Es kam selten vor, dass sie nicht das letzte Wort behielt. Sie verließ das Büro, und Mona löste sich von Enno. Sie wollte ihn nicht zu sehr durcheinanderbringen.

»Ich wusste gar nicht, dass du Finnisch kannst, Mona.«

»Das tue ich auch nicht. Aber nachdem unsere Kollegin vorhin mit dieser Idee um die Ecke kam, hab ich in einem Online-Übersetzer den einzigen Begriff nachgeschlagen, den sie wirklich gebrauchen kann«, erklärte Mona lächelnd.

»Kommen wir auf den Fall zurück«, schlug Enno vor. »Wir sind uns wohl darüber einig, dass Drescher nicht gerade eine Geistesgröße darstellt. An seinen Gefühlen habe ich hingegen keinen Zweifel – er ist in seine Tante verknallt, die ja nur angeheiratet und deshalb keine Blutsverwandte von ihm ist. Von Inzest im engeren Sinn kann also keine Rede sein.«

»Wobei wir überhaupt nicht wissen, ob es Sex zwischen Sylvia Blome und dem selbst ernannten Künstleragenten gegeben hat«, stellte Mona klar. »Das ist aber gar nicht notwendig – es reicht vollkommen, wenn bei Drescher diese Sehnsucht vorhanden ist.«

»Sylvia konnte seine Gefühle gewiss ganz leicht wecken – indem sie sich zum Beispiel auf seinen Schoß gesetzt hat«, gab Enno lächelnd zurück.

»Diese Retourkutsche habe ich wohl verdient«, erwiderte die Kommissarin mit belegter Stimme, »ich hoffe, dass du mich jetzt nicht für ein Luder hältst.«

Er versicherte: »Keine Sorge, ich bleibe meiner Birte treu. – Gehen wir also für den Moment davon aus, dass die Witwe und der Neffe unter einer Decke stecken? Wozu hätte Sylvia Blome denn überhaupt einen Komplizen benötigt? Sie kann das Gift doch auf eigene Faust herstellen und es dann sowohl ihrem Mann als auch sich selbst unterjubeln.«

»Ja – aber nur dann, wenn das Toxin aus allgemein erhältlichen Komponenten besteht«, betonte die Kriminalistin. Sie fuhr fort: »Ich halte die Frau für intelligent – jedenfalls für weitaus cleverer als ihren Verehrer, der die Weisheit nun wirklich nicht mit Löffeln gegessen hat. Ihr muss klar gewesen sein, dass es nach Blomes Tod eine polizeiliche Untersuchung geben würde. Diese beinhaltet natürlich auch eine chemische Analyse des Giftes. Also lässt sie durch Drescher eine Substanz beschaffen, auf die auch eine Apothekerin nicht so leicht zugreifen kann.«

»Ja, so könnte es gewesen sein – abgesehen davon, dass der Tod seines Onkels den jungen Mann offenbar wirklich geschockt hat«, meinte der Oberkommissar.

»Der Chef würde jetzt sagen: *Eine Gefühlsregung ist noch kein Beweis*«, erwiderte Mona. Enno hob die Augenbrauen: »Es sind ja ganz neue Töne, dass du jetzt sogar schon Oltbeck zitierst. Na, den hast du bestimmt auch um den kleinen Finger gewickelt. – Aua!«

Sie hatte ihm ein Radiergummi an den Kopf geworfen. Enno grinste, dann sagte er: »Wir sollten überprüfen, was Blome tatsächlich frühmorgens getan hat. Ich schlage vor, dass wir uns aufteilen. Du kannst ja noch einmal mit Henning Kolb sprechen. Es würde mich wundern, wenn er um diese Uhrzeit seine Strandsegler verliehen hat – aber man weiß ja nie. Und ich spreche mit Jolanta Freerks. Pensionswirtinnen bekommen ja immer ziemlich viel mit. Vielleicht kann sie uns Genaueres über Tina Schiffer und die Kontakte dieser Dame verraten. Noch bin ich nicht davon überzeugt, dass die Krankengymnastin wirklich die Geliebte des Mordopfers war.«

»Gut, dann mache ich mich gleich wieder auf den Weg zum Strand«, erwiderte Mona. Während sie die Wache verließ und sich Richtung Bismarckstraße bewegte, ging sie in Gedanken noch einmal die letzten Momente in Blomes Leben durch. Ob er bereits zuvor attackiert worden war, vielleicht mit einer Waffe? Stellte das Gift nur einen weiteren – und diesmal erfolgreichen – Mordversuch dar? Mona stellte diese Überlegung zurück. Falls es am Körper des Opfers eine Blessur gab, würde dies bei der Obduktion nicht unentdeckt bleiben. Als die Ermittlerin wenig später den Strand erreichte, saß dort Henning Kolb tatenlos im Sand vor seiner Bretterbude. Sie ließ ihren Blick schweifen und stellte fest, dass weit und breit kein Strandsegler in Betrieb war.

»Momentan ist ja nicht allzu viel los«, stellte sie fest. Der Strandsegler-Trainer stand auf und zuckte mit den Schultern: »Seit Paul gestorben ist, werde ich mit Stornierungen bombardiert, Mona. Sein Tod hat ja mit dem Strandsegler selbst nicht das Geringste zu tun, wenn ich es richtig sehe.«

»Unsere Ermittlungen deuten nicht darauf hin, dass dich eine Mitschuld trifft«, erwiderte die Kommissarin in bestem Amtsdeutsch. Sie wählte ihre Worte absichtlich vage, weil die Untersuchungen Außenstehende nichts angingen.

»Schön, das nützt mir nur leider nichts«, stieß Kolb frustriert hervor. »Tatsache ist: Paul starb, während er in einem meiner Strandsegler saß. Seitdem verbreiten irgendwelche Dummköpfe, die aus größerer Entfernung Augenzeugen wurden, im Internet Lügen über diesen Sport. Dabei haben sie nicht die geringste Ahnung, was wirklich vorgefallen ist.«

»Wer braucht schon Fakten, wenn er eine vorgefasste Meinung hat?«, erwiderte die Kommissarin mit bitterer Ironie. Sie fügte hinzu: »Du bist für uns nur Zeuge, kein Verdächtiger.«

»Das freut mich, aber mein Geschäft geht trotzdem gerade den Bach runter«, murmelte Kolb. Dann sagte er: »Ich will dir aber nicht mit meinem Gejammer in den Ohren liegen. Kann ich dir bei den Ermittlungen helfen?«

Sie nickte.

»Du sagtest, dass du Blome schon seit drei Jahren kennst. Habt ihr gelegentlich auch mal ein privates Wort gesprochen?«

Kolb schien einen Moment lang zu überlegen, dann schüttelte er den Kopf: »Eigentlich nicht. Ich weiß nur, dass Paul verheiratet war und beruflich etwas mit Versicherungen zu tun hatte. Über seinen Job hat er nicht viel gesprochen. Als ich mich einmal danach erkundigte, blockte er ab. Paul meinte, dass er sich auf Borkum entspannen und nicht an seine Alltagspflichten denken wollte. Er würde die Einsamkeit des Strandes auf dem Abschnitt Richtung Ostland so lieben – vor allem bei Tagesanbruch.«

Mona horchte auf: »Ist Blome denn schon zu so früher Stunde mit dem Strandsegler unterwegs gewesen? Du öffnest doch erst später, oder?«

»Das ist richtig«, bestätigte der Zeuge, »aber für Paul habe ich eine Ausnahme gemacht. Natürlich nicht gleich im ersten Jahr unserer Bekanntschaft. Vertrauen baut sich nicht so leicht auf, richtig? Ich lernte ihn als einen zuverlässigen und verantwortungsvollen Fahrer kennen, der mir meine Kisten stets in einwandfreiem Zustand zurückgebracht hat. Voriges Jahr habe ich ihm dann auf seine Bitte hin einen Reserveschlüssel anvertraut. Paul darf also für seine erste Trainingseinheit des Tages hierherkommen, aufschließen, sich einen Strandsegler nehmen und damit durchstarten. Später hat er den Wagen dann wieder hierhergebracht, abgeschlossen und den Schlüssel in meinen Briefkasten geworfen.«

»War der Schlüssel auch heute früh vorhanden?«, vergewisserte Mona sich. »Das würde bedeuten, dass Paul bei Sonnenaufgang schon einmal mit dem Strandsegler unterwegs war.«

»So ist es auch gewesen, Mona. Als ich heute früh hier erschien, lag der Schlüssel im Kasten. Paul tauchte dann später noch einmal auf und sagte, dass er bei dem tollen Wind gern noch einmal auf die Sandpiste wollte. Das war mein letztes Gespräch mit ihm.«

»Kam er dir verändert vor? Vielleicht verängstigt oder gereizt?«

Kolb schien einen Moment lang nachzudenken, dann schüttelte er den Kopf: »Nee, mir ist nichts aufgefallen.«

Mona schaute zur Brandung hinüber. Hier, unweit der Musikkuppel, war der Strand keineswegs menschenleer. Zahlreiche Urlauber hatten es sich in ihren Strandkörben bequem gemacht, andere badeten im flachen Wasser oder betätigten sich weiter draußen auf dem Meer als Kite- oder Windsurfer. Nur die vorgelagerte Sandbank musste gemieden werden, weil sie ein Rückzugsort für die Seehunde war. Wer sich aus Unwissenheit oder

Dummheit nicht an das Verbot hielt, musste mit hohen Strafen rechnen. Wenige Kilometer weiter Richtung Ostland war das Ufer hingegen menschenleer, selbst jetzt in der Hauptsaison. Dies galt wahrscheinlich gegen fünf oder sechs Uhr morgens ganz besonders. Hatte Blome vielleicht jemanden dort in der Abgeschiedenheit heimlich treffen wollen? Oder war seine Liebe zur Natur wirklich der einzige Grund für die Fahrten in aller Herrgottsfrühe gewesen? *Zumindest hat Blome nicht gelogen*, dachte die Ermittlerin. *Er ist wirklich allein mit dem Strandsegler Richtung Ostland gefahren.* Sie klopfte Kolb zum Abschied aufmunternd auf die Schulter: »Lass den Kopf nicht hängen, Henning. Wir versuchen, Pauls Todesumstände so schnell wie möglich aufzuklären.«

»Das weiß ich, Mona. Mein Ruf ist aber leider jetzt schon ruiniert.«

Sie wusste nicht, was sie darauf erwidern sollte. Mona stapfte zum Spülsaum der Nordsee hinunter und genoss für einen Moment das kühlende Wasser an ihren nackten Füßen. Dann rief sie Enno an: »Blome ist wirklich frühmorgens mit dem Strandsegler unterwegs gewesen, Henning Kolb hat es bestätigt.«

»Gut, ich habe inzwischen mit der Wirtin von der *Pension Flunder* gesprochen. Sie kann weder bestätigen noch widerlegen, dass Tina Schiffer Herrenbesuch bekommen hat«, gab Enno zurück. »Ich werde mich jetzt noch in der Nachbarschaft umhören. Manche Leute in der Umgebung haben einen Hund, den es zu früher Stunde nach draußen zieht. Vielleicht ist jemandem etwas aufgefallen.«

»Ja, das ist eine gute Idee«, erwiderte sie. »Ich gehe ein wenig die Strecke ab, die Blome gefahren ist. Frag mich nicht, wonach ich suche – ich habe nicht die geringste Ahnung.«

Der Oberkommissar lachte und sagte: »Dann verlass dich einfach auf dein Spürnäschen. – Wir sehen uns später.«

Mit diesen Worten beendete er das kurze Telefonat. Mona steckte ihr Smartphone wieder ein und schaute zur Promenade hinüber. Der Strand war hier schon breit, weitete sich in Richtung Ostland allerdings noch weiter aus. Die ebene Fläche zwischen dem Dünenrand und der Brandung erzeugte die Illusion von Unendlichkeit. Die Kommissarin liebte den Geruch nach langsam trocknendem Seegras und Muscheln, die von der Flut an die Borkumer Gestade gespült wurden. Sie stapfte langsam am Spülsaum entlang. Das Rauschen der Brandung und das Kreischen der Möwen wirkte beruhigend, aber nicht einlullend. Sie versuchte, sich in Blome hineinzuversetzen. Hatte er nur die Abgeschiedenheit gesucht? Dass es hier irgendwo zwischen den Dünen zu einem erotischen Stelldichein mit Tina Schiffer gekommen wäre, kam der Ermittlerin immer unwahrscheinlicher vor. Warum hätte sie die Pension verlassen sollen, um ihren Liebhaber zu treffen? Hinzu kam, dass die Frau von ihrer Unterkunft aus eine relativ große Entfernung hätte zurücklegen müssen. Da im Naturschutzgebiet keine Autos benutzt werden durften, war dafür ein Leihrad notwendig. Es würde sich gewiss herausfinden lassen, ob die Frau ein solches Gefährt gemietet hatte. Aber wenn Tina Schiffer nicht Blomes Freundin war – welche andere Rolle spielte sie in seinem Leben? Und warum beschuldigte sie die Ehefrau des Mordes? Während der Kommissarin diese Gedanken durch den Kopf schwirrten, hatte sie beinahe schon den Strandabschnitt auf Höhe vom *Café Sturmeck* erreicht. Hier war Blome verstorben. Sie konnte auch ansatzweise noch die Reifenspuren der Strandsegler erkennen, obwohl diese vom Wind und der nächsten Flut verwischt werden würden. Mona bemerkte einen Gegenstand im Sand und bückte sich danach. Es handelte sich um einen *Remote Finder* aus Kunststoff – ein batteriebetriebenes Gerät, mit dem man Schlüssel und andere verlorene Gegenstände anpeilen konnte. Die Kommissarin wohnte schon seit einigen Jahren auf der Insel und ging jeden Tag mit ihrer Dogge Rufus an den Strand. Daher wunderte sie sich nicht über kuriose Stücke am Spülsaum der Nordsee. Sie hatte hier schon Puppenstiefel, Sparschäler, Toilettendeckel, ein abgebrochenes Samurai-Schwert und eine Abdeckhaube mit aufgedruckter arabischer Schrift gefunden – und stets im nächstgelegenen Abfallkorb entsorgt. Aber – war dieser Gegenstandfinder wirklich angeschwemmt worden? Würde er dann nicht wenigstens noch ein wenig feucht sein? Außerdem schien der *Remote Finder* neu zu sein. Er hatte wohl noch nicht so lange im Wasser gelegen, wenn überhaupt. Ob er Blome aus der Tasche gefallen war? Das wäre möglich gewesen. Der Mann hatte sich in seinem Strandsegler hin und her bewegt, er hätte durchaus etwas verlieren können – *außer seinem Leben,* dachte sie grimmig. Zum Glück hatte sie den Gegenstandfinder nur an dem Kettchen berührt, mit dem man ihn am Gürtel befestigen konnte. Mit etwas Glück ließen sich darauf Fingerabdrücke des Mordopfers nachweisen. Allerdings fragte Mona sich, was an dem *Remote Finder* verdächtig sein sollte. Vermutlich besaßen Hunderte Personen auf

Borkum so ein Ding. Sie zog Latexhandschuhe über und drückte auf den Aktivierungsknopf. Es geschah nichts. Offenbar gab es keinen Gegenstand im weiteren Umkreis, der von Blome hätte vermisst werden können.

Das wäre ja auch zu schön gewesen, dachte sie. Auf jeden Fall steckte sie den *Remote Finder* in einen Beweismittelbeutel. Falls er nichts mit der aktuellen Ermittlung zu tun hatte, würde sich das schon noch herausstellen. Bis zu welcher Entfernung funktionierte eigentlich die Funkreichweite eines solchen Apparats? Sie wusste es nicht, wahrscheinlich war es vom Modell abhängig. Das konnte sie später auf der Wache recherchieren. Zunächst setzte die Kommissarin ihren Erkundungsgang fort. Sie hatte nun den belebteren Teil des Strandes bereits hinter sich gelassen. Obwohl momentan Hochsaison herrschte, begegneten ihr jetzt nur noch einzelne Jogger oder spazieren gehende Paare. Sie konnte sich vorstellen, dass es in der Morgendämmerung hier komplett einsam war. Bis zum *Hooge Hörn* am Nordstrand würde Mona zu Fuß noch fast eine Stunde unterwegs sein. Mit dem Strandsegler konnte man die Strecke natürlich innerhalb von kurzer Zeit bewältigen. Aber was gab es dort oben zu sehen? Höchstens den Blick hinüber zur unbewohnten Sandbank Kachelotplate und der ebenfalls nicht besiedelten Naturschutzinsel Memmert, auf der lediglich ein Vogelwart hauste. Die Kommissarin spürte, dass Blome etwas zu verbergen gehabt hatte. Sie musste weitersuchen und die Augen offen halten. Ihre Aufmerksamkeit galt jetzt nicht nur dem Strand, sondern auch der heranbrandenden Nordsee. Sie griff zum Smartphone und rief Enno an.

»Du bist doch eigentlich so ein halber Seebär, oder?«

»Ich weiß nicht, worauf du hinauswillst«, gab er zurück, »wir Insulaner stammen bekanntlich fast alle von Walfängern und Piraten ab. Du klingst so, als ob du einen neuen Ermittlungsansatz gefunden hättest.«

»Das hoffe ich zumindest«, sagte sie und berichtete von ihrem Fund und ergänzte: »Wenn jemand von einem Boot oder Schiff aus Pakete oder andere Gegenstände ins Wasser wirft – wie groß ist die Wahrscheinlichkeit, dass sie an einem bestimmten Strandabschnitt landen?«

»Du vermutest, dass Blome Schmuggelware aus der Nordsee fischen wollte, die er mit diesem *Remote Finder* anpeilen konnte?«

»Ja – falls das technisch möglich ist, Enno.«

»Meiner Meinung nach ist es machbar, wenn der Skipper des Bootes die Strömungsverhältnisse gut kennt und die Ware zu einem Zeitpunkt über Bord wirft, wenn sie durch die Flut angespült wird. Es wäre natürlich sicherer, direkt mit einem Schlauchboot bis zum Ufer zu fahren und die Fracht dort zu übergeben.«

»Richtig, aber falls plötzlich die Küstenwache auftaucht, muss die Bootsbesatzung viele unangenehme Fragen beantworten. Wenn man die Pakete aber einfach nur über Bord gehen lässt, dann kann man ganz unverdächtig an Borkum vorbei schippern.«

»Tust du mir einen Gefallen und findest heraus, welche Wasserfahrzeuge in den vergangenen drei Nächten nahe genug an die Insel herangekommen sind? Ich spreche von dem Seegebiet zwischen der Kachelotplate und dem Ostland. Das dürfte wohl nicht so viel befahren sein.«

Der Oberkommissar bestätigte: »Das stimmt, wegen der Untiefen ist es nur für kleinere Motor- und Segelyachten schiffbar. – Ich bin jetzt übrigens mit der Befragung der Nachbarschaft durch, leider konnte ich keine Zeugen auftreiben.«

»Jetzt hast du ja eine neue Aufgabe«, scherzte sie. »Ich werde noch eine Weile nach weiteren Hinweisen auf Blomes Machenschaften suchen, dann melde ich mich wieder.«

Mit diesen Worten beendete sie das Telefonat. Im nächsten Moment wurde ihr bewusst, wie voll sie ihren Mund genommen hatte.

»Du riskierst ja eine ziemlich dicke Lippe!«, sagte Mona zu sich selbst. »Wahrscheinlich gehört der Gegenstandfinder irgendeinem unbeteiligten Touristen, und du machst hier nur einen Strandspaziergang auf Kosten der Steuerzahler!«

Trotzdem wollte sie sich nicht von ihren Zweifeln bremsen lassen. Die Kommissarin beschloss, noch eine weitere halbe Stunde in Richtung Ostland zu wandern. Wenn sie dann immer noch keine weiteren Beobachtungen gemacht hatte, würde sie vom Strand aus zum *Café Ostland* hinübergehen und sich dort von Enno oder einem anderen Kollegen mit dem Auto abholen lassen. Die Brise wehte nun stärker, wirbelte den feinen Sand auf. Mona ärgerte sich, weil sie ihre Sonnenbrille nicht dabeihatte. Das intensive Licht auf dem Wasser und der hellen Sandfläche war für ihre Augen unangenehm. Plötzlich erblickte sie einen kleinen knallroten Gegenstand. Sie beschleunigte ihre Schritte. Das Paket lag nur wenige Handbreit oberhalb der

Brandung. Es war teilweise mit feuchten Sandkörnern bedeckt. Von den Maßen her entsprach es ungefähr einem DIN-A-4-Blatt. Die Umhüllung bestand aus einer Kunststofffolie. In die war es offenbar eingeschweißt worden. Die Kommissarin griff zu dem *Remote Finder* und drückte wieder auf den Aktivierungsknopf. Sie hoffte natürlich, dass das Päckchen ein entsprechendes Signal senden würde. Aber es passierte – nichts.

Du solltest dich nicht von deinem Wunschdenken leiten lassen, dumme Kuh!, schimpfte sie mit sich. Offenbar handelte es sich um wertloses Strandgut. Trotzdem nahm sie das Paket mit. Allerdings wollte sie es nicht kriminaltechnisch untersuchen lassen, sondern im nächsten Mülleimer entsorgen. Doch während sie enttäuscht ihren Weg fortsetzte, dachte sie noch einmal genauer über ihren Fund nach. Andere Fundgegenstände am Borkumer Strand hatten offensichtlich schon länger im Wasser gelegen und sahen meist mehr oder weniger zerschlissen oder defekt aus. Dieses Päckchen hingegen wirkte nagelneu – als wäre es erst vor wenigen Stunden wasserdicht verpackt worden. *Und wenn der Gegenstandfinder nun einen Wackelkontakt hat?* Diese Frage ließ ihr keine Ruhe. Sie drückte wieder auf den Knopf, mit dem der *Remote Finder* in Gang gesetzt wurde. Diesmal flammte ein blinkendes Licht unter der roten Kunststoffverpackung auf, außerdem ertönte ein durchdringendes elektronisches Geräusch. Und Mona stieß einen Jubelschrei aus.

Kapitel 7

Eine halbe Stunde später legte sie das Fundstück mitsamt dem Gegenstandfinder auf Ennos Schreibtisch in der Polizeistation. Der Ostfriese entspannte sich nach seiner Befragung der Nachbarschaft bei einer Tasse Tee. Er warf Mona einen erstaunten Blick zu: »Nanu, bist du hierher gerannt? Du warst doch am Strand fast bis zum Ostland vorgedrungen, oder?«

»Man muss es nicht übertreiben mit dem Sport, ich habe mich von Hinderk mit dem Streifenwagen abholen lassen«, erklärte sie ungeduldig und fuhr fort: »Sieh dir lieber an, was ich gefunden habe!«

Sie berichtete von ihren Beobachtungen am Strand.

»Ja, das ist eine plausible Erklärung für Blomes einsame Strandsegelfahrten zu so unchristlicher Zeit«, meinte Enno mit einem anerkennenden Unterton in der Stimme. Er fuhr fort: »So, wie ich dich kenne, willst du das Paket gleich öffnen.«

»Das ist wie Weihnachten, oder?«, scherzte sie. »Oltbeck hätte wahrscheinlich Bedenken, dass sich darin vielleicht ein Sprengsatz befände. Wenn er meckert, dann sagst du, ich hätte es aufgerissen, bevor du mich daran hindern konntest.«

»Wenn da wirklich eine Bombe drin ist, kann ich gar nicht mehr mit dem Chef sprechen«, gab der Oberkommissar auf seine unaufgeregte Art zurück. Diese Möglichkeit erschien den beiden unwahrscheinlich – und sie trat zum Glück nicht ein. Als die Kommissarin mit einem Federmesser die erste äußere Hülle entfernt hatte, erblickte sie darunter den *Receiver* des *Remote Finders*. Dieses Gerät hatte vorhin die akustischen und visuellen Signale von sich gegeben. Danach folgte noch eine weitere Plastikumhüllung, außerdem zwei größere Styroporblöcke. Enno zeigte darauf: »Dadurch wird das Päckchen im Wasser genug Auftrieb gehabt haben, um nicht auf den Meeresboden zu sinken.«

»So weit reichen meine Physikkenntnisse auch gerade noch«, meinte Mona augenzwinkernd. Die Styroporblöcke waren mit Paketklebeband an dem Kistchen befestigt, in dem sich der wichtigste Inhalt befand: zehn Tütchen mit einem weißen Pulver, bei dem es sich gewiss nicht um Haushaltszucker handelte.

»Kokain«, vermutete der Oberkommissar. »Ich kenne den aktuellen Straßenverkaufswert nicht, aber es dürfte sich um einen fünfstelligen Betrag handeln. Der Chef wird sich freuen.«

Aber diesmal irrte Enno sich. Als die Kommissare wenig später zum Dienststellenleiter gingen und ihm die Beweismittel präsentierten, reagierte er mit gemischten Gefühlen: »Natürlich ist es gut, dass Sie Betäubungsmittel aus dem Verkehr gezogen haben, bevor diese in den Handel gelangen konnten. Aber warum vermuten Sie einen Zusammenhang mit dem Mord an Paul Blome?«

»Der Gegenstandfinder lag im Sand – unweit der Stelle, wo Blomes Strandsegler zum Stehen gekommen ist«, begann Mona, aber sie wurde von Oltbeck unterbrochen: »Ist Ihnen bewusst, wie viele Menschen sich momentan dort aufhalten, Frau Sander? Jeder kann diesen *Remote Finder* verloren haben.«

Sie rollte ungeduldig mit den Augen: »Ja – theoretisch schon. Aber nicht jeder flitzt bei Tagesanbruch mit einem Strandsegler zu dieser einsamen Stelle, wo die Strömung die Drogenpakete an Land spült. Sehen Sie sich bitte den Gegenstandfinder genau an. Er ist für vier verschiedene *Receiver* geeignet. Drei Pakete konnte Blome frühmorgens offenbar orten und bergen. Beim vierten Päckchen ging technisch etwas schief, ich tippe auf einen Wackelkontakt oder einen Funkausfall. Vielleicht wurde Blome auch gestört, das wäre ebenfalls möglich. Er könnte sich später erneut auf den Weg zum Ostland gemacht haben, als der Giftanschlag seine Pläne durchkreuzte.«

Der Hauptkommissar hob abwehrend die Hände – als ob er befürchtete, dass Mona gleich über seinen Schreibtisch springen würde: »Verstehen Sie mich nicht falsch, Frau Sander – Ihnen gebührt Anerkennung für diesen Fund. Ich befürchte nur, dass nun das Landeskriminalamt die Ermittlungen an sich ziehen wird. Sie wissen, dass es dort eine *Task Force* zur Bekämpfung von grenzüberschreitender Drogenkriminalität gibt. Und wir befinden uns hier nun einmal in unmittelbarer Nähe zur Seegrenze mit den Niederlanden.«

»Das können die Hannoveraner nicht machen!«, rief Mona empört. »Das ist *unser Fall*!«

Bevor sie sich durch einen weiteren Temperamentsausbruch unbeliebt machen konnte, pflichtete Enno ihr bei: »Sie haben ja selbst gesagt, dass der Drogenfund nicht zwingend mit unserem Mordfall zu tun haben muss, Herr Oltbeck. Das kriminaltechnische

Labor in Oldenburg wird erst einmal die Fingerabdrücke auf dem Gegenstandfinder mit denen des Mordopfers vergleichen. Bis dies geschehen ist, dürfte etwas Zeit vergehen. Frau Sander und ich können also weiterhin das Tötungsdelikt bearbeiten. Übrigens könnte auch Blomes Neffe etwas mit Betäubungsmitteln zu schaffen haben.«

Der Tonfall des Ostfriesen wirkte auf den Chef wie eine Beruhigungspille: »Ja – diese Pillen in dem Tütchen, das Sie bei Drescher sichergestellt haben, richtig? Gibt es da schon ein Ergebnis?«

»Wir haben das Material ja erst heute zur Analyse ins Labor geschickt«, murmelte Mona und verkniff sich die Feststellung, dass die Spezialisten keine Hexenmeister seien. Oltbeck lehnte sich in seinem Bürosessel zurück.

»Angenommen, Blome hat wirklich bereits drei Drogenpakete aus der Brandung bergen können«, dachte er laut nach und fuhr fort: »Die Kriminaltechniker haben bei der Durchsuchung des Ferienhauses keine Rauschmittel gefunden. Also muss er das Kokain anderswo versteckt haben. Halten Sie es für möglich, dass Blome mit seinem Neffen zusammenarbeitet?«

Mona antwortete: »Drescher wird eher mit Sylvia Blome *unter einer Decke stecken*. Ich vermute, dass der Neffe seine Tante verehrt oder es sogar eine Beziehung zwischen den beiden gibt. Als Blomes Mittäterin sehe ich eher Tina Schiffer. Ich habe nie geglaubt, dass sie seine Geliebte ist.«

»Und welche von den beiden Damen hat Ihrer Ansicht nach den Mord begangen?«, wollte der Chef wissen. »Falls Tina Schiffer nämlich *nicht* Blomes Freundin war, sehe ich bei Sylvia Blome noch kein Tatmotiv. Und Tina Schiffer? Wenn sie mit Blome beim Drogenschmuggel zusammenarbeitete – warum hätte sie ihn vergiften und dann die Ehefrau beschuldigen sollen? Abgesehen davon – wie kann sie *sowohl* ihm als auch Sylvia Blome das Gift unbemerkt verabreicht haben?«

Oltbeck hatte berechtigte Fragen aufgeworfen, auf die es momentan noch keine befriedigende Antwort gab. Mona fand es tröstlich, dass der Fall ihr und ihrem Kollegen nicht entzogen wurde – zumindest vorerst nicht.

»Also dürfen wir weiter ermitteln?«, vergewisserte sie sich.

»So ist es. – Geben Sie mir Bescheid, falls Sie Unterstützung brauchen.«

Mit diesen Worten beendete der Hauptkommissar die Besprechung. Mona machte aus ihrer Erleichterung keinen Hehl, nachdem sie zusammen mit Enno das Chefbüro verlassen hatte: »Wir müssen unbedingt den Mord aufklären, bevor diese LKA-Besserwisser hier auftauchen! Die haben doch von unserer Insel und den Gegebenheiten hier überhaupt keine Ahnung.«

Enno nickte lächelnd: »Lass uns jetzt mal intensiver mit der Witwe sprechen. Sie wird sich inzwischen vom Auspumpen ihres Magens einigermaßen erholt haben. Sie hatte ja bei unserer ersten Begegnung nur vermutet, dass ihr Mann Geheimnisse vor ihr hatte. Damit lag sie sogar richtig – vorausgesetzt, sie wusste nichts von seinen Rauschgift-Machenschaften. Der Name Tina Schiffer ist gar nicht gefallen, wenn du dich erinnerst. Sie ging nur ganz allgemein von einer Geliebten aus.«

»Ja, ich möchte mir die Dame auch gern zur Brust nehmen«, versicherte die Kommissarin. »Konntest du eigentlich bei der Küstenwache etwas erreichen?«

»Die Kollegen kümmern sich um die nächtlichen Vorbeifahrten«, erwiderte Enno. »Wenn allerdings der Skipper eines Bootes polizeilich noch nicht in Erscheinung getreten ist, dann sehe ich schwarz. Es reicht ja, wenn eine Person an Bord die Pakete im richtigen Moment über Bord wirft. Der Kapitän muss noch nicht mal ein Mitwisser sein. Derjenige, der das Kokain in die Nordsee befördert, sollte sich allerdings auskennen. Wenn er nämlich seine Ladung zu früh oder zu spät loswird, dann schwemmt die Flut die Päckchen nicht auf Borkum an Land, sondern sie werden an der Insel vorbei getrieben.«

»Ja, das leuchtet mir ein. Ist es nicht sowieso eher ein Glücksspiel, ob die Ware am Strand landet oder nicht?«, überlegte Mona.

»Nicht, wenn derjenige an Bord die Borkumer Gewässer gut kennt«, schränkte ihr Kollege ein. »Bei Blomes Komplizen auf dem Boot muss es sich also entweder um einen Einheimischen oder jemanden handeln, der regelmäßig durch die ostfriesische Inselwelt schippert. Ich werde mich mal im Yachthafen umhören, der Stegwart schnappt ja das eine oder andere Gerücht auf.«

»Laut Henning Kolb kommt Blome seit einigen Jahren jeden Sommer nach Borkum«, berichtete Mona. »Wenn er diese

Drogendeals schon öfter durchgezogen hat, dann muss es wahrscheinlich einen Mittäter gegeben haben, auf den er zugreifen konnte.«

Während ihres Gesprächs hatten die beiden die Wache verlassen und sich auf den Weg zum Alten Damenpfad gemacht.

»Wenn Drescher daheim ist, setzen wir ihn vor die Tür«, schlug Mona vor. »Er muss nicht mitbekommen, was wir von seiner Tante wissen wollen.«

Damit war Enno einverstanden. Als sie wenig später bei dem Ferienhaus klingelten, öffnete Sylvia Blome. Sie hatte sich umgezogen, trug nun ein bequem geschnittenes Baumwollkleid mit einem Blumenmuster. Die Witwe wirkte munterer als im Krankenhaus. Ob sie ihren Ehemann überhaupt betrauerte? Wenn ja, war es ihr nicht anzumerken – jedenfalls nach Meinung der Kommissarin.

»Wie ich sehe, sind Sie nicht mehr im Hospital«, sagte Enno.

»Die Ärztin hatte nichts dagegen, mich gehen zu lassen, Herr Moll. Ich fühle mich hier besser, die Krankenhausluft macht mich erst recht krank.«

»Wir müssen Ihnen noch einige Fragen stellen, und zwar ohne die Anwesenheit Ihres Neffen«, machte Mona deutlich.

»Selbstverständlich, treten Sie bitte näher. – Julian ist ohnehin nicht daheim. Er ist mit dem Rad zum Supermarkt gefahren, der Kühlschrank war doch ziemlich leer«, erwiderte Sylvia Blome und bat die Ermittler ins Wohnzimmer. Dort nahmen die beiden auf einem Sofa nebeneinander Platz, die Witwe setzte sich ihnen gegenüber in einen Sessel. Das Spurensicherungsteam hatte in dem Haus offenbar kein Chaos hinterlassen. Ein Außenstehender hätte nicht beurteilen können, ob hier sorgfältig nach Beweismaterial gesucht worden war. Mona beschloss, den Stier bei den Hörnern zu packen: »Frau Blome, sagt Ihnen der Name Bettina – oder Tina – Schiffer etwas?«

Die Witwe wirkte überrascht.

»Nein, Frau Sander. Wer soll das sein?«

»Wir sind im Rahmen unserer Ermittlungen auf diese Frau gestoßen«, gab die Kommissarin zurück. Sie hatte ihre Antwort bewusst vage formuliert. Sylvia Blome erschien ihr auf den ersten Blick glaubwürdig – aber wenn sie ihren Ehemann wirklich auf dem Gewissen hatte, dann war sie auf eine Befragung durch die Polizei vorbereitet und konnte sich entsprechend präparieren. Enno ergänzte: »Gegen Sie wurde der Verdacht ausgesprochen, für den Tod Ihres Gatten verantwortlich zu sein.«

»Das ist absurd, Herr Moll! Was für ein Motiv hätte ich dafür haben sollen?«

Der Oberkommissar machte eine unbestimmte Handbewegung: »Sie teilten uns mit, dass Ihr Mann Ihrer Ansicht nach Geheimnisse hätte und Sie befürchteten, dass er *Sie* aus dem Weg räumen wollte.«

»Also wäre mein Mord an Paul eine Art Präventivschlag gewesen?«, fragte Sylvia Blome, wobei sie eine höchst abweisende Miene aufsetzte. *Ich will mir gar nicht vorstellen, wie Drescher den Begriff Präventivschlag verballhornen würde – wahrscheinlich als Präservativschlag,* dachte Mona, wobei sie ein Grinsen unterdrücken musste. Jetzt war nicht die Zeit für Wortspielereien.

»Verhielt es sich denn so?«, wollte Enno wissen.

»Keineswegs! Paul und ich sind – waren – seit zwölf Jahren verheiratet, da lodern die Flammen der Liebe nicht mehr so hoch wie in der Phase des Kennenlernens. Aber wir haben einander immer noch respektiert. Trotzdem muss ich sagen, dass mein Mann sich von mir zurückzog. Es kam öfter zu Heimlichkeiten seinerseits – Telefonate, die abrupt endeten, wenn ich den Raum betrat. Ich vermute, dass er ein geheimes Zweithandy hatte, von dem ich nichts wissen durfte. Vielleicht habe ich zu sehr die Augen vor dieser Entfremdung zwischen uns verschlossen, diesen Vorwurf können Sie mir machen.«

Der Oberkommissar erinnerte: »Sie kamen auf die Wache und beschuldigten Ihren Ehemann, Sie vergiftet zu haben. Warum hielten Sie ihn für den Täter?«

Sylvia Blome schaute den Ostfriesen an, als ob er eine unglaublich dumme Frage gestellt hätte: »Wer soll es denn sonst gewesen sein? Ein Fremder hätte sich wohl nicht unbemerkt in unser Ferienhaus schleichen können.«

Mona wurde es zu bunt: »Ein Fremder nicht – aber wie sieht es mit Ihrem Neffen aus? Sie haben anfangs übrigens gar nicht erwähnt, dass sich noch eine weitere Person dort aufhielt. Mein Kollege und ich waren sehr erstaunt, als wir in Ihrer Unterkunft auf Julian Drescher trafen.«

Die Witwe wirkte nun eher verlegen – so, als ob die Kommissarin eine Peinlichkeit ans Licht der Öffentlichkeit zerren wollte. Sie murmelte: »Nun ja … Julian gehört zur Familie, deshalb habe ich nicht über ihn gesprochen. Außerdem ist er ein sprunghafter junger Mann. Er kommt und geht, wie es ihm beliebt. Vielleicht hätte er sich gar nicht im Haus befunden, als Sie erschienen sind.«

»Das ist doch eine faule Ausrede«, fauchte Mona sie an und legte sofort nach: »Sie müssen uns nicht für dumm verkaufen, das ist im Zusammenhang mit einer Mordermittlung eine ganz schlechte Idee! Und Sie mögen zwar seine Tante sein, sind aber nicht mit ihm blutsverwandt. Glauben Sie, Julian Dreschers Gefühle für Sie wären uns entgangen?«

Sylvia Blome bekam den Mund nicht zu, während sie von der Kommissarin »zusammengefaltet« wurde. Aber dann feuerte sie zurück: »Was unterstellen Sie mir? Wollen Sie behaupten, ich hätte ein Verhältnis mit meinem Neffen?«

Enno kam Mona mit einer Erwiderung zuvor: »Sie werden verstehen, dass wir uns ein umfassendes Bild von Ihrer Familie machen müssen. Bei Ihrem Neffen haben wir übrigens eine Substanz gefunden, bei der es sich um ein Betäubungsmittel handeln könnte. Er hat dazu die Aussage verweigert. Können Sie eventuell zur Aufklärung beitragen?«

Wieder einmal ärgerte Mona sich über ihre eigene Impulsivität. Glücklicherweise verstand ihr erfahrener Kollege es, das Gespräch in die passende Richtung zu lenken. Die Witwe antwortete: »Ich weiß nicht, ob Julian Illegales konsumiert. Er ist im Grunde ein großes Kind. Zwar hat er die Volljährigkeit schon vor einigen Jahren erreicht, aber eigentlich weiß er immer noch nicht, was er mit seinem Leben anfangen soll. Er lässt sich treiben wie ein Korken auf den Wellen. Manchmal nervt er mich mit seinen Launen, aber ich kann ihm nie lange böse sein.«

Die Kommissarin dachte über diese Aussage nach. Die nach Monas verbalem Angriff gestresste Sylvia Blome wirkte nun entspannter und beinahe verträumt, als sie von Drescher sprach. Ob sie seine Gefühle erwiderte? Im Krankenhaus schien ihr Dreschers stürmische Begrüßung gar nicht recht gewesen zu sein. Vielleicht, weil die Polizisten es mitbekommen hatten? Enno schnitt einen anderen Punkt an: »Sie sind Apothekerin, nicht wahr? Arbeiten Sie als Angestellte oder sind Sie selbstständig?«

»Letzteres, Herr Moll. Ich betreibe eine gut eingeführte Apotheke in einem beliebten Wohnviertel meiner Heimatstadt Kassel.«

»Ein Beruf, der vermutlich viel Zeit und Verantwortung erfordert«, meinte der Oberkommissar.

»Ja, und durch die zunehmende Konkurrenz des Online-Handels ist es nicht einfacher geworden. – Ich ahne, worauf Sie hinauswollen. Es kann durchaus sein, dass mein Mann sich von mir vernachlässigt gefühlt hat. Aber Paul ist als selbstständiger Versicherungsmakler ebenfalls sehr stark beruflich eingebunden.«

»Wie sieht es mit Ihrer finanziellen Situation aus?«, hakte er nach. Die Witwe setzte eine verschlossene Miene auf und rümpfte die Nase: »Es geht Sie zwar nichts an, aber ich werde trotzdem antworten. Meine Apotheke ist wirtschaftlich gesund. Reicht Ihnen diese Auskunft? Oder wollen Sie mit dem zuständigen Finanzamt und meiner Hausbank Kontakt aufnehmen?«

Gute Idee, dachte die Kommissarin. Enno blieb beharrlich: »Und wie stand es um die Einnahmen Ihres Ehemanns? Haben Sie gemeinsame Konten?«

»Nein, das erschien uns nicht sinnvoll. – Warum stellen Sie diese Fragen? Glauben Sie, dass Geldprobleme für Pauls Gifttod verantwortlich sein könnten?«

Mona erinnerte: »Sie haben selbst befürchtet, dass Ihr Mann etwas vor Ihnen verheimlicht. Dabei muss es sich nicht unbedingt um eine Geliebte handeln. Es wäre möglich, dass er finanziell in der Klemme steckte und dies unter den Teppich kehren wollte.«

»Er hätte doch mit mir darüber sprechen können, ich war seine Frau!«, gab die Witwe entrüstet zurück. War ihre Empörung echt? Falls ihre Apotheke wirklich genügend Gewinn abwarf, hätte sie Blome zweifellos mit Geld unter die Arme greifen können. Aber er konnte ja seine Drogen-Nebengeschäfte auch gemacht haben, um sich endgültig von ihr zu lösen und irgendwo auf der Welt ein neues Leben anzufangen. *Vorausgesetzt, er ist überhaupt in den Kokainhandel verwickelt,* überlegte die Kommissarin. Noch gab es dafür keinen stichhaltigen Beweis. Enno sagte: »Es wäre auch möglich, dass Ihr Mann sich in seinem beruflichen Umfeld Feinde gemacht hat. Ihr Neffe berichtete uns von einem Versicherungsnehmer, der vergeblich gegen Ihren Mann prozessiert haben soll.«

Sylvia Blome erschrak sichtlich: »Ja, dieser Kerl fühlte sich von Paul schlecht beraten – dabei trifft meinen Mann keine Schuld an seinen Problemen. Das Gericht hat seine Klage entsprechend abgeschmettert. Sie denken, dass er ...«

»Wir gehen jedem Hinweis nach, Frau Blome«, betonte der Oberkommissar, »und deshalb benötigen wir von Ihnen den Namen dieser Person.«

»Er heißt Jörn Gerlitz – und er ist ein schlechter Verlierer. Ich war nämlich bei dem Zivilprozess als Zuschauerin anwesend. Als der Richter das Urteil verkündete, hat Gerlitz sich so danebenbenommen, dass er des Saales verwiesen werden musste.«

Kapitel 8

Jörn Gerlitz – noch hatte Mona keine Vorstellung davon, wie dieser Mann sowohl Blome als auch dessen Ehefrau unbemerkt hätte vergiften können. Aber ihr war bewusst, dass auch unwahrscheinliche Möglichkeiten bei einer kriminalistischen Untersuchung nicht ausgeschlossen werden durften. Auf jeden Fall mussten die Kommissare überprüfen, ob Blomes Widersacher sich momentan auf der Insel befand. Während ihr diese Überlegungen durch den Kopf gingen, setzte Enno die Befragung fort: »Interessierte Ihr Mann sich auch für Wassersport? Wir haben schon herausgefunden, dass er ein begeisterter Strandsegler war. Da wäre es doch naheliegend, dass er auch gelegentlich in See stechen wollte.«

»Dazu kann ich Ihnen leider nichts sagen, Herr Moll«, wich die Witwe aus, »wie gesagt – Paul und ich haben nicht jede Minute unseres Borkum-Urlaubs gemeinsam verbracht. Er hatte seine Interessen, ich meine. Aber das bedeutet noch lange nicht, dass wir uns nicht mehr verstanden hätten.«

»Wenn ich mich also im Yachthafen nach Paul Blome erkundige, wird weder sein Name noch ein Foto von ihm den Zeugen etwas sagen?«, hakte der Oberkommissar nach. Diese Frage schien Sylvia Blome in Bedrängnis zu bringen, jedenfalls kam es Mona so vor. Bevor die Witwe antworten konnte, wurde die Tür des Ferienhauses aufgeschlossen. Drescher kam herein, beladen mit zwei Einkaufstüten.

»Was ist denn jetzt schon wieder los?!«, nölte er. »Haben Sie Tante Sylvia nicht schon genug gestresst? Es ist schon schlimm genug, dass sie gerade erst ihren Mann verloren hat, finden Sie nicht?«

»Wir sind gleich fertig«, versicherte der Ostfriese, »ich habe nur noch eine letzte Frage: Wann fand heute das Frühstück statt?«

»Ungefähr zwischen neun und zehn Uhr«, antwortete die Witwe. »Paul war schon in der Dämmerung beim Strandsegeln gewesen, um diese sehr frühe Stunde bekommt er noch nichts herunter. Wir haben dann zusammen etwas gegessen – Brötchen, Müsli, Rühreier, dazu Kaffee und Orangensaft. Es war das letzte Mal, dass ich ihn lebend gesehen habe. – Jetzt komme ich mir richtig schäbig vor, weil ich ihn verdächtigte, mich vergiftet zu haben!«

Ihre Augen wurden feucht. Drescher stellte die Taschen ab, ging zu ihr hinüber und legte tröstend seinen Arm um ihre Schultern.

»Können Sie nicht endlich verschwinden?«, grollte er.

»Unsere Kollegen von der Spurensicherung haben sämtliche Lebensmittel und Getränke mitgenommen, um sie analysieren zu lassen«, betonte Mona. »Falls eine Speise oder eine Flüssigkeit vergiftet war, werden wir es herausfinden.«

»Sie haben nicht gefrühstückt?«, fragte Enno den jungen Mann. Drescher schüttelte den Kopf: »Nee, um die Uhrzeit liege ich noch im Tiefschlaf.«

Endlich mal eine Aussage, der ich uneingeschränkt glauben kann, dachte die Kommissarin.

»Wir melden uns, wenn es etwas Neues gibt.«

Mit diesen Worten verabschiedete Enno sich. Nachdem er und Mona das Ferienhaus verlassen hatten, fragte er: »Ist dir aufgefallen, dass Sylvia Blome bei meinem Hinweis auf den Yachthafen Blut und Wasser geschwitzt hat?«

»Ja, allerdings – die Aussicht, dass wir dort herumschnüffeln könnten, schien ihr gar nicht zu behagen.«

»Also werden wir genau das tun«, entschied der Oberkommissar schmunzelnd. »aber zunächst sollten wir herausfinden, ob Blomes frustrierter Prozessgegner sich auf Borkum befindet.«

Die beiden gingen zur Touristeninformation, die sich in einem kleinen Pavillon am Georg-Schütte-Platz befand – direkt gegenüber vom Inselbahnhof. Jeder Borkumbesucher musste einen Gästebeitrag zahlen, der in dem Servicebüro registriert wurde. Daher konnten die Kommissare dort die Namen und Urlaubsadressen aller zurzeit auf dem Eiland befindlichen Personen herausbekommen. Die Angestellten hatten der Polizei schon bei etlichen Fällen in der Vergangenheit geholfen. Auch diesmal bekamen sie die angefragte Information schnell und zuverlässig: Ein Reisender namens Jörn Görlitz war vor einer Woche im *Hotel König von Belgien* abgestiegen. Die Ermittler bedankten sich und verließen die Touristeninformation wieder. Mona hatte eine Idee: »Was hältst du davon, wenn wir uns aufteilen? Es ist schon bald Abend, und so könnten wir heute noch mehr Spuren abarbeiten. Wir müssen nicht zu zweit im Yachthafen aufkreuzen, du hast ohnehin den besseren Draht zu dem Stegwart. Und ich knöpfe mir den cholerischen Versicherungsnehmer vor.«

Enno warf seiner Kollegin einen prüfenden Blick zu: »Du wirst doch wohl keinen Unsinn machen?«

»Du kennst mich doch.«

»Ja, genau deshalb frage ich«, gab er seufzend zurück, »aber es wäre wirklich sinnvoll, deinem Vorschlag zu folgen. Ich habe mir vorhin ein Foto von Blome von seiner Homepage heruntergeladen, das kann ich am Hafen möglichen Zeugen präsentieren. Und ein erkennungsdienstliches Bild von Drescher fehlt ebenfalls nicht. Vielleicht haben ja Onkel und Neffe zeitweise gemeinsame Sache gemacht, wer weiß? Es wäre wirklich gut, wenn wir diese Drogensache in trockenen Tüchern hätten, bevor das Landeskriminalamt uns dazwischenfunkt.«

»Mal den Teufel nicht an die Wand«, erwiderte Mona augenzwinkernd und fügte hinzu: »Ich verspreche hoch und heilig, dass ich mich kreuzbrav verhalten werde.«

»Veralbern kann ich mich allein«, sagte Enno lachend. »Ich fahre dann jetzt also zum Hafen.«

Während die beiden miteinander redeten, hatten sie die Polizeistation erreicht. Der Oberkommissar stieg direkt in ihren Dienstwagen, der auf dem Hof parkte. Seine Kollegin ging gar nicht erst hinein, sondern überquerte die Schienen der Kleinbahn und bewegte sich am Neuen Leuchtturm vorbei auf die Bubertstraße zu, wo sich Gerlitz' Unterkunft befand. Mona hatte keine guten Erinnerungen an das *Hotel König von Belgien*. Erst vor Kurzem hatte dort eine Person gewohnt, die bei einer für die Kommissarin emotional sehr belastenden Mordermittlung eine Schlüsselrolle spielte. Aber es brachte nichts, Salz in die eigenen Wunden zu streuen – Mona war immer schon eine Frau gewesen, die lieber nach vorn als zurück schaute. Daher betrat sie die Hotelhalle mit einem Lächeln auf den Lippen. Sie hatte nämlich die Rezeptionistin erkannt, mit der sie unlängst beruflich zu tun gehabt hatte und mit der sie per du war.

»Moin, was kann ich heute für dich tun, Mona?«, fragte die Angestellte neugierig.

»Es geht wieder einmal um einen eurer Gäste. Der Name lautet Jörn Gerlitz.«

»Herr Gerlitz ist momentan nicht anwesend, du hast ihn knapp verpasst«, sagte die Rezeptionistin. »Er wollte etwas trinken gehen und bat mich, ihm ein Lokal zu empfehlen.«

»Und? Wo sollte er deiner Meinung nach seinen Durst stillen?«, hakte Mona nach.

»Ich sagte, dass er auf der Bismarckstraße sein Glück versuchen sollte – vorzugsweise im *Pferdestall*, aber letztlich ist das ja Geschmackssache.«

Die Kommissarin kannte die urige Kneipe natürlich, deren Wanddekoration aus Halftern, Sporen, Zaumzeug, Hufeisen und anderen Gegenständen bestand, die etwas mit Rössern zu tun hatten.

»Kannst du mir Gerlitz beschreiben?«, bat die Kommissarin.

»Er ist nicht viel größer als du, aber sehr stämmig. Sein Schädel ist rasiert, aber er trägt einen gepflegten haselnussbraunen Vollbart. Herr Gerlitz hat ein gelbes Polohemd und blaue Jeans an«, erwiderte die Rezeptionistin. Sie war eine gute Beobachterin, was auf viele Mitarbeiter in der Hotellerie und Gastronomie zutraf. Mona blinzelte ihr zu und sagte: »Danke – dann werde ich mal nach dem Herrn Ausschau halten. – Und wenn er zurückkehrt, dann erwähne bitte nicht, dass sich die Polizei nach ihm erkundigt hat.«

»Wird gemacht«, versicherte die Angestellte. Die Kommissarin verließ das Hotel und schlenderte zur nahe gelegenen Bismarckstraße hinüber, die den Inselbahnhof mit der Jann-Berghaus-Straße oberhalb der Promenade verband. Sie wollte Kontakt zu Gerlitz aufnehmen – wenn möglich, ohne ihren Dienstausweis zu zeigen. Sie fand es höchst verdächtig, dass er auf derselben Insel Urlaub machte wie der Mann, gegen den er vor Gericht eine krachende Niederlage erlitten hatte. Wenn sie sich als Polizeibeamtin zu erkennen gab, würde er vermutlich sofort dichtmachen. Also wollte sie versuchen, ihm so viele Informationen wie möglich aus der Nase zu ziehen. Ihr Pulsschlag beschleunigte sich, während sie scheinbar ziellos über die Bismarckstraße zu flanieren begann. Vor letzterer Gaststätte reihten sich einige beliebte Lokale wie Perlen an einer Schnur nebeneinander auf: Das *Lord Nelson*, die *Black Pearl*, das *Columbus* – und der *Pferdestall*. Dort saß im Außenbereich ein Mann, auf den die Beschreibung der Rezeptionistin von Gerlitz perfekt zutraf. Und er war allein an seinem Tisch. Während die Kommissarin näher kam, registrierte sie seine wohlwollenden Blicke. Ihr wurde bewusst, dass sie immer noch Shorts trug. *Vielleicht sollte ich doch öfter in diesem Aufzug zum Dienst kommen,* dachte sie und beschloss, die Gelegenheit beim Schopf zu ergreifen. Alle anderen Tische vor dem *Pferdestall* waren von mehreren Personen besetzt, Paare oder kleine Gruppen. Sie trat lächelnd auf Gerlitz zu: »Moin, ist bei Ihnen noch ein Plätzchen frei?«

Gerlitz schien sein Glück kaum fassen zu können. Er sprang wie von der Tarantel gestochen auf und rückte für sie einen Stuhl zurecht: »Selbstverständlich, es ist mir ein Vergnügen!«

Sie warf ihm einen dankbaren Blick zu, setzte sich und schlug die Beine übereinander. Gerlitz hatte einen knallroten Aperitif vor sich stehen.

»Darf ich Ihnen einen Drink spendieren?«, fragte er hoffnungsvoll.

»Sie sind ein Gentleman! – Ja, ich nehme gern dasselbe wie Sie.«

Gerlitz winkte der Bedienung. Bei ihr handelte es sich um eine Aushilfe, die vermutlich vom Festland kam. Auf jeden Fall kannte sie Mona nicht, während die Kommissarin bei den meisten Angestellten der Inselgastronomie als Zivilpolizistin bekannt war. Also musste die Ermittlerin nicht befürchten, von dieser Frau durch eine unbedachte Äußerung verraten zu werden. *Heute scheine ich wirklich mal Dusel zu haben,* dachte sie. Nachdem sie wenig später ihr Glas erhalten hatte, hob sie es: »Ich trinke auf den edlen Spender! Wollen wir uns nicht duzen? Ich bin Mona.«

»Mein Name ist Jörn. – Zum Wohl, Mona.«

Er warf ihr einen sehnsuchtsvollen Blick zu. Vom Alter her schätzte sie Gerlitz auf Anfang bis Mitte vierzig. Das hätte sie nicht gestört – ganz abgesehen davon, dass sie gar nicht auf der Suche nach Männerbekanntschaften war. Sie wusste noch nicht, ob sie Gerlitz sympathisch finden sollte oder nicht. Letztlich war ihre Meinung über ihn unerheblich. Es zählte nur, ob er in den Mord an Blome verwickelt war oder diesen sogar eingefädelt hatte.

»Gefällt es dir auf Borkum?«, fragte sie mit ihrem besten *Small-Talk-Tonfall.*

»Die Insel besitzt zweifellos Charme.«

Gerlitz schaute ihr tief in die Augen, während er diesen Satz vom Stapel ließ.

»Machst du hier Ferien?«, wollte Mona wissen. Er zögerte mit seiner Antwort für ihren Geschmack einen Moment zu lange, außerdem verhärteten sich seine Gesichtszüge. Dann atmete er tief durch und setzte ein falsches Lächeln auf: »Natürlich, so wie die meisten Leute hier. Und du?«

»Ich? Na, ich habe immer Urlaub«, gab sie lachend zurück – um zu signalisieren, dass ihre Bemerkung nicht ganz ernst gemeint war.

Dabei hielt sie ihre Aussage eigentlich nur für eine halbe Schwindelei. Gewiss, sie arbeitete hart, um gemeinsam mit ihren Kollegen auf Borkum für Ruhe und Ordnung zu sorgen. Andererseits hatte sie das Privileg, auf dieser wundervollen Insel einen krisenfesten Job zu haben. Und nach Feierabend konnte sie stets an den Strand gehen – was wollte sie mehr? So gesehen kam ihr das eigene Leben wie eine einzige lange Freizeit vor. Das lag natürlich auch daran, dass sie so ein gutes Umfeld hatte. Enno war für sie längst kein Kollege mehr, sondern zu einem guten Freund geworden. Und sogar die nervige Grietje und den überkorrekten Oltbeck hatte sie inzwischen in ihr Herz geschlossen, genau wie die übrigen Polizisten der Inselwache.

»Ferien auf Dauer? Dann scheinst du ja ein echter Glückspilz zu sein«, meinte Gerlitz, wobei sie bei ihm ein wenig Neid festzustellen glaubte.

»Ja, ich bin ein kleiner Sonnenschein«, behauptete Mona lächelnd und fuhr fort: »Du scheinst hingegen Sorgen zu haben, ehrlich gesagt. – Aber ich sage dir etwas: Hier auf Borkum kann man den Stress wunderbar hinter sich lassen.«

Sie bekräftigte ihre Worte, indem sie ihre Hand auf seinen Unterarm legte. Einen Moment lang befürchtete sie, zu schnell vorgeprescht zu sein. Manche Männer mochten es nicht, wenn eine Frau allzu aktiv wurde. Doch bei Gerlitz schien ihre Art gut anzukommen: »Du bist eine gute Menschenkennerin, Mona. – Ja, auf meiner Seele lastet eine große Ungerechtigkeit, der ich zum Opfer gefallen bin.«

»Das klingt aber gar nicht gut. – Möchtest du darüber reden? Es gibt Menschen, die mich für eine gute Zuhörerin halten.«

Gerlitz schien einen Moment lang mit sich zu kämpfen. Er fragte sich vermutlich, wie viel er einer Wildfremden von sich preisgeben sollte. Aber dann gab er sich einen Ruck. Er trank seinen Aperitif aus und bestellte ein neues Glas. Nachdem es ihm serviert wurde, sagte er: »Ich will dich nicht mit Einzelheiten langweilen, aber es geht um ein Gerichtsurteil. Ein Betrüger wurde freigesprochen, und ich wäre beinahe ruiniert gewesen!«

»Das ist ja eine Unverschämtheit!«, rief Mona mit einer Empörung, die sie ihrer eigenen Ansicht nach gut gespielt hatte. »Kann man denn da überhaupt nichts machen?«

Gerlitz' Miene spiegelte ein bösartiges Grinsen wider. Mona hätte seinen Gefühlszustand mit *Schadenfreude* bezeichnet – oder waren es ihre Vorbehalte gegen diesen Verdächtigen, die sie so denken ließ? Immerhin wusste sie, dass er im Gerichtssaal den wilden Mann gespielt hatte. Die Veränderung bei seinem Gesichtsausdruck war die einzige Antwort auf die Frage der Kommissarin. Er schien es für cleverer zu halten, kein Wort von sich zu geben. Mona versuchte, ihn aus der Reserve zu locken.

»Ich halte Sie für einen Mann, der sich nichts gefallen lässt«, flötete sie. Im nächsten Moment fragte die Kommissarin sich, ob sie zu dick aufgetragen hatte. In letzter Zeit war Mona zwar schon öfter mehr oder weniger erfolgreich *undercover* unterwegs gewesen, aber es fiel ihr nicht immer leicht, sich zu verstellen. Gerlitz war in ihren Augen ein Mann, der sich gern von Frauen anhimmeln ließ. *Vor allem, weil ich kürzer bin als dieser abgebrochene Riese,* vermutete sie. Er stieg auf ihren scheinbaren Flirtversuch ein: »Ich finde es toll, wie gut du meinen Charakter einschätzen kannst, Mona. Und zwar, nachdem wir nur wenige Minuten zusammen verbracht haben. Glaubst du an so etwas wie die Macht des Schicksals?«

Jetzt wird es interessant, dachte sie und fragte: »Was genau meinst du damit?«

Gerlitz antwortete: »Der Mann, dem ich diesen Schlamassel verdanke, lebt nicht mehr. Also könnte man sagen, dass eine höhere Gerechtigkeit zugeschlagen hat, die über einem deutschen Gericht steht.«

Die Selbstgefälligkeit, mit der er offenbar über Blomes Tod sprach, machte Mona schlagartig sauer. Sie vergaß ihren aufgesetzten Charme: »Du glaubst also, dass er den Tod verdient hatte? Und was ist mit seiner Frau?«

Kaum war der letzte Satz über ihre Lippen gekommen, als sie sich am liebsten auf die Zunge gebissen hätte. Aber es war zu spät, das Gesagte konnte nicht mehr zurückgenommen werden.

»Woher willst du wissen, ob der Mann verheiratet war? Oder ist dir bekannt, von wem ich rede?«

Seine Stimme war von unverhohlenem Misstrauen getränkt, was die Kommissarin aus seiner Sicht nachvollziehen konnte. Nun war sie diejenige, die sich zunächst in Schweigen hüllte. Und nach einem Ausweg aus der misslichen Lage suchte, in die sie sich durch ihre Unbeherrschtheit selbst gebracht hatte. Noch während sie alle

Möglichkeiten abwägte, änderte sich Gerlitz' Miene erneut. Diesmal wirkte er erschrocken – schaute nach links und rechts. War er auf der Suche nach einem vermeintlichen Fluchtweg? Im nächsten Moment hörte Mona Schritte, die von hinten näherkamen.

»Wer ist das?!«, wollte eine schrille Frauenstimme von Gerlitz wissen. Mona drehte sich zu der Person um, die sich ihr schräg von hinten genähert hatte. Sie kam ihr sofort bekannt vor.

»Moin, Frau Schiffer«, sagte die Ermittlerin.

Kapitel 9

Sowohl Jörn Gerlitz als auch Tina Schiffer wirkten verblüfft, wenn auch aus unterschiedlichen Gründen. Nach Monas Meinung waren sie ein ungleiches Paar – und dies nicht nur, weil die Frau fast einen Kopf größer war als der Mann. Wie auch immer – es schien irgendeine Art von Beziehung zwischen den beiden zu geben. Warum sonst hätte Blomes angebliche Geliebte sich so darüber aufregen sollen, dass Gerlitz in Damenbegleitung vor dem Lokal saß? Und was ihn anging – er überwand seine Irritation schnell und stellte stirnrunzelnd eine berechtigte Frage: »Woher kennst du Tinas Nachnamen, Mona?«

»Bist du mit Kommissarin Sander jetzt schon per du?«, regte Tina Schiffer sich auf. Nun fiel Gerlitz erst recht aus allen Wolken: »Du bist … Sie sind Polizistin?!«

»Ich habe nie etwas anderes behauptet«, stellte Mona mit ruhiger Stimme fest.

»Wie bitte?! Ich bin in meinem Leben selten so verschaukelt worden. Sie haben mich angelogen und behauptet, Sie hätten ganzjährig Urlaub ...«, tobte Gerlitz. Mona wollte nicht abwarten, wie es sich immer stärker in seine Wut hineinsteigerte und vielleicht sogar handgreiflich wurde. Daher schnitt sie ihm das Wort ab: »Legen Sie doch bitte nicht jeden Satz auf die Goldwaage! Meine Behauptung war im übertragenen Sinne gemeint. Überlegen Sie bitte: Wer hat schon ununterbrochen Ferien? Noch nicht mal Millionäre – die müssen nämlich hart daran arbeiten, keine Steuern zu zahlen. – Wenn Sie mich gezielt nach meinem Beruf gefragt hätten, dann wäre ich natürlich bei der Wahrheit geblieben. – Das ist momentan nebensächlich. Mich interessiert viel eher, woher Sie beide einander kennen.«

Sie hatte sich kerzengerade hingesetzt und betrachtete Gerlitz so kühl und distanziert, als ob sie sich mit ihm im Verhörraum befände. Die Änderung ihrer Haltung entging ihm natürlich nicht. Er schien zu überlegen, ob er auf stur schalten oder antworten sollte. Gerlitz strich sich mit der rechten Hand über seinen rasierten Schädel.

»Frau Schiffer ist meine Angestellte«, grummelte er, ohne Mona dabei in die Augen zu sehen. Tina Schiffer stieß einen schrillen Schrei aus, als ob sie eine Ohrfeige bekommen hätte.

»Angestellte? Na ja, so kann man es auch nennen«, fauchte sie. »Da habe ich von dir schon ganz andere Beteuerungen gehört.«

»Offiziell bist du meine Sekretärin, das weißt du genau. Vielleicht solltest du mal in deinen Arbeitsvertrag schauen. – Und nun setz dich hin, mach mir hier keine Szene«, forderte Gerlitz mit gepresster Stimme. Tina Schiffer gehorchte zögernd und warf einen strafenden Blick auf Monas bloße Oberschenkel: »Es ist bemerkenswert, welche fragwürdigen Methoden die Borkumer Polizei anwendet.«

»Meine Arbeitsweise lassen Sie mal meine Sorge sein«, erwiderte die Kommissarin. Dann richtete sie ihren Blick direkt auf Tina Schiffer: »Ich verhafte Sie wegen des dringenden Verdachts, eine Mordermittlung behindert zu haben. Sie müssen sich nicht zur Sache äußern, können die Aussage verweigern und einen Rechtsbeistand hinzuziehen.«

Tina Schiffer war so geschockt, dass sie den Mund nicht zubekam. Dafür fand Gerlitz schnell seine Sprache wieder: »Sie wollen meine Sekretärin festnehmen? Das kann doch nur ein schlechter Scherz sein.«

»Sehen Sie mich lachen, Herr Gerlitz? Nee, weil Sie selbst nämlich auch in der Tinte sitzen. Eben haben Sie mir einige interessante Dinge über Paul Blome mitgeteilt, die ich gern mit Ihnen klären möchte. Sie dürfen die Insel vorerst nicht verlassen. Hiermit lade ich Sie morgen für 10 Uhr auf die Polizeiwache in der Strandstraße vor.«

Er starrte die Kommissarin an, als ob er nicht wüsste, ob er sich in einem Albtraum befände und gleich aufzuwachen hoffte. *Er hatte sich den weiteren Verlauf des Abends sicher ganz anders vorgestellt,* dachte sie. Gerlitz löste sich aus seiner Schockstarre und richtete seinen Zeigefinger wie eine Waffe auf Tina Schiffer: »Du hältst die Klappe, kapiert? Ich besorge dir einen Strafverteidiger, der wird morgen hier eintrudeln. Bis dahin herrscht Funkstille, haben wir uns verstanden?«

Tina Schiffer nickte stumm. Sie schien Besitzansprüche an Gerlitz zu haben – vermutlich empfand sie mehr für ihn als er für sie. Aus welchem anderen Grund wäre er so auf Monas vermeintliche Flirtversuche eingestiegen? Oder gehörte er zu den Männern, die ihr Glück grundsätzlich bei jeder Frau versuchen müssen? Tina Schiffer schien jetzt jedenfalls den Ernst der Lage erkannt zu haben. Vielleicht war sie deshalb so kleinlaut geworden. Ob ihr allmählich dämmerte, dass sie Mist gebaut hatte? Noch vermutete Mona nur, dass sie gar nicht Blomes Geliebte gewesen war. Aber wenn sich das so verhielt, dann war sie von Gerlitz zu dieser Falschaussage gedrängt worden, daran hatte die Ermittlerin keinen Zweifel. Oder sagte Tina Schiffer in diesem Punkt die Wahrheit? Hatte Gerlitz sie auf seinen Erzfeind angesetzt – in der Hoffnung, es ihm heimzahlen zu können? Aber warum war Sylvia Blome ebenfalls vergiftet worden? Handelte es sich um eine perverse Art von Sippenhaft, womit Gerlitz seinen toten Widersacher besonders demütigen wollte? Sie erhob sich von ihrem Stuhl: »Kommen Sie, Frau Schiffer. Sie müssen noch erkennungsdienstlich behandelt werden, bevor Sie Ihre Luxussuite bei uns beziehen. – Herr Gerlitz, wir sehen uns dann morgen auf meiner Dienststelle. Und vielen Dank für den Drink!«

Er wirkte fassungslos: »Glauben Sie wirklich, dass meine Einladung auch nach diesem Affentheater noch gilt?«

»Ich habe Sie für einen Gentleman gehalten. – Also, seien Sie bitte pünktlich.«

Die Kommissarin blockte jede weitere Diskussion ab, indem sie Tina Schiffer am Arm fasste und sie Richtung Inselbahnhof dirigierte. Handschellen hatte sie nicht dabei, aber die Verdächtige schien auch keinen Widerstand leisten zu wollen. Vielleicht war es ihr inzwischen peinlich, im Mittelpunkt des Interesses zu stehen – wodurch sie diese Situation durch ihre Eifersuchtsszene selbst heraufbeschworen hatte. Die Blicke sämtlicher Anwesenden im Außenbereich des *Pferdestalls* waren auf Mona, Tina und Gerlitz gerichtet gewesen. Erst jetzt, nachdem die beiden Frauen gemeinsam verschwanden, schienen die Gäste sich wieder ihren eigenen Angelegenheiten zu widmen. *Die Show ist vorbei,* dachte Mona. Nachdem sie einige Meter gegangen waren, sagte Tina Schiffer: »Lassen Sie bitte meinen Arm los, ich werde schon nicht abhauen.«

»Wie Sie wünschen. Sie könnten mir sowieso nicht entkommen, ich kann trotz meiner kurzen Beine ziemlich schnell rennen«, stellte Mona selbstbewusst fest. Die Verdächtige öffnete erneut den Mund, erinnerte sich dann aber offenbar daran, dass Gerlitz sie zum Schweigen verdonnert hatte.

»Sie sind also Sekretärin und keine Krankengymnastin«, sagte die Kommissarin. »Es ist zwar nicht grundsätzlich verboten, die Polizei anzulügen – aber im Rahmen einer Mordermittlung sollte man besser immer bei der Wahrheit bleiben.«

Sie hatte gehofft, Tina Schiffer mit dieser Bemerkung zum Sprechen bewegen zu können, aber es funktionierte nicht. *Morgen ist auch noch ein Tag,* dachte Mona. Kurz vor dem Betreten der Polizeistation durchsuchte sie die Verdächtige nach Waffen und gefährlichen Gegenständen, fand aber außer einer Nagelfeile in der Handtasche nichts, womit Tina Schiffer sie oder ihre Kollegen hätte verletzen können. Die erkennungsdienstliche Behandlung ließ die Frau über sich ergehen. Nachdem sie fotografiert worden war, nahm Mona noch ihre Fingerabdrücke und maß ihre Größe.

»Haben Sie unveränderliche Kennzeichen?«, wollte die Ermittlerin wissen und fügte hinzu: »Damit sind Narben, Tätowierungen oder Feuermale gemeint. Sie müssen nicht antworten – es reicht, wenn Sie mir die entsprechende Körperstelle zeigen.«

Tina Schiffer schien zu überlegen, ob sie ein Tattoo verschweigen konnte. Schließlich schob sie seufzend ihr Oberteil hoch. Unmittelbar unter der linken Brust hatte sie sich ein knallrotes stilisiertes Herz stechen lassen, in dessen Zentrum die ineinander verschlungenen Buchstaben J und G zu erkennen waren.

»Sehr hübsch«, meinte Mona trocken. »Vielleicht sollte ich die Anregung aufnehmen. Was mein Chef wohl sagen würde, wenn mir ein Tätowierer die Initialen H und O – für Hinrich Oltbeck – unter meinen Busen sticht?«

»Sie sind wirklich ätzend, Frau Sander!«, wütete die Verdächtige. Die Kriminalistin erwiderte: »Ja, das höre ich öfter. – Kommen Sie, jetzt dürfen Sie sich von mir und von Ihrer Verhaftung erholen. Sie können jederzeit klingeln, wenn Sie etwas benötigen, die Wache ist rund um die Uhr besetzt. Bald gibt es Abendbrot, meine Kollegin ist für ihre legendären Jagdwurststullen berühmt.«

»Mir ist der Appetit vergangen!«, behauptete Tina Schiffer. Sie hatte nun doch wieder den Vorsatz gebrochen, sich in Schweigen zu hüllen. Allerdings war keine ihrer Äußerungen geeignet, den Mordfall voranzubringen. Die Kommissarin sperrte sie in die Arrestzelle. Als Mona in ihr Büro gehen wollte, kam Enno durch den Hintereingang herein. Er hatte den Dienstwagen offenbar gerade wieder auf dem Hof abgestellt.

»Das trifft sich gut, dann kann ich mir den Anruf bei dir sparen – stell dir vor, ich konnte gerade Tina Schiffer verhaften!«, verkündete die Kommissarin stolz.

»Gibt es denn auch einen begründeten Verdacht?«, fragte der Ostfriese augenzwinkernd.

»Sehr lustig, Enno! Glaubst du, ich nehme die Dame fest, weil mir ihre Nase nicht gefällt? Nee, sie ist Gerlitz‘ Geliebte oder Sekretärin oder beides. Eine Tatsache, die sie uns glatt vorenthalten hat!«

Diese Neuigkeit überraschte offenbar auch den Oberkommissar. Die beiden betraten ihr Büro, aber Enno holte zunächst nur die Teekanne.

»Ich verdurste gleich«, behauptete er. Während ihr Kollege in die Teeküche hinüber ging und sich an die Zubereitung der starken Assam-Mischung machte, sortierte Mona ihre Überlegungen. War es überhaupt realistisch, das Gespann Jörn Gerlitz und Tina Schiffer für den Giftmord und den Mordanschlag verantwortlich zu machen? Das Motiv des benachteiligten Versicherungsnehmers konnte zweifellos Rache lauten. Trotzdem blieb die Frage bestehen, auf welchem Weg die beiden ihren Opfern das Toxin verabreicht haben konnten. War Tina Schiffer vielleicht doch Blomes Geliebte gewesen und hatte es irgendwie geschafft, in sein Ferienhaus zu gelangen? Und wenn Sylvia Blomes Vergiftung nichts anderes als eine Art »Kollateralschaden« gewesen war? Darüber wollte die Kommissarin später unbedingt mit Enno sprechen. Für sie stand auf jeden Fall fest, dass Gerlitz etwas zu verbergen hatte. Nicht umsonst schien er so erpicht darauf gewesen zu sein, seine Komplizin zum Schweigen zu verdonnern. Und dafür konnte es nur einen plausiblen Grund geben: Sie war eine Mitwisserin, die ihn in ernsthafte Schwierigkeiten bringen konnte! *Es ist zu Tina Schiffers Bestem, wenn sie in unserer Gewahrsamszelle sitzt,* dachte Mona, *dort ist sie jedenfalls vor Gerlitz sicher!* Sie hatte ihre Aufzeichnungen gerade sortiert, als Enno mit dem Tee, den Tassen, dem Kandis und der Sahne hereinkam. Nachdem sich die beiden mit dem Aufgussgetränk versorgt hatten, berichtete sie zunächst von ihrem Erlebnis mit Gerlitz. Dem Oberkommissar war anzusehen, wie wenig er von ihrer Herangehensweise begeistert war: »Das hätte böse ins Auge gehen können, das ist dir doch wohl bewusst?!«

Sie zuckte mit den Schultern: »Ich weiß nicht, was du meinst. Gerlitz und ich begegneten einander an einem öffentlichen Ort, es waren stets jede Menge Zeugen anwesend. Übrigens ist es ja nicht so, als ob ich ihm meine Zunge in den Mund gesteckt hätte. Wir haben uns ganz unverbindlich unterhalten, und er kam von selbst auf das Thema Paul Blome zu sprechen.«

»Wirklich, Mona? Ich will deine Worte gar nicht anzweifeln – aber letztlich steht Aussage gegen Aussage, sofern kein unbeteiligter Dritter eure Sätze buchstabengetreu wiedergeben kann. Mir geht es nur darum, dass dich ein ausgekochter Rechtsanwalt in die Pfanne hauen könnte, weil du dich nicht sofort als Polizistin zu erkennen gegeben hast.«

»Gerlitz war ja ursprünglich gar kein Verdächtiger«, verteidigte Mona sich. Allerdings war sie jetzt ziemlich kleinlaut. Je länger sie über ihren Vorstoß nachdachte, desto größer wurden ihre Zweifel an ihrem Handeln. Andererseits: Freiwillig hätte Gerlitz gewiss nicht zugegeben, dass es eine Verbindung zwischen ihm und Tina Schiffer gab. Der Oberkommissar betonte: »Ich bin auf deiner Seite, das weißt du hoffentlich. Wir müssen den Bericht eben so formulieren, dass Oltbeck gar nicht erst die Vorschriftsmäßigkeit deines Vorgehens infrage stellen kann.«

»Dieser Kerl hat etwas zu verbergen, Enno! Aber so, wie ich ihn bisher erlebt habe, würde ich ihm einen Giftmord eher nicht zutrauen. Gerlitz hat eine kurze Zündschnur, das konnte er ja schon im Gerichtssaal beweisen. Ein Attentat mit einer Schusswaffe oder einem Messer, oder ein Schlag mit einem Eisenrohr – das würde meiner Meinung nach viel besser zu ihm passen. Aber ein Toxin als Mordwaffe … kann ich mir bei ihm schwer vorstellen.«

»Immerhin konntest du seine Komplizin aus dem Verkehr ziehen und ihn für morgen vorladen«, meinte der Ostfriese anerkennend. »Bis dahin sind wir vielleicht schon schlauer – mein Besuch im Yachthafen war übrigens auch nicht sinnlos.«

»Lass hören!«, bat die Kommissarin gespannt. Ihr Kollege fuhr fort: »Der Stegwart hat Drescher auf Anhieb erkannt. Der junge Mann ist gestern oder vorgestern am Yachthafen gewesen – allerdings nicht mit seinem Onkel, sondern mit einer Dame, bei der es sich von der Beschreibung her um Sylvia Blome handeln könnte.«

Mona pfiff durch die Zähne und erwiderte: »Die beiden waren also wieder einmal gemeinsam unterwegs, weil Blome anderweitig zu tun hatte? Oder aus einem anderen Grund? Hat der Stegwart mit ihnen gesprochen?«

Der Oberkommissar nickte: »Sie erkundigten sich nach der Möglichkeit, ein Boot zu mieten. Momentan gibt es allerdings keine

Leihyachten. Mit dieser Auskunft gaben sie sich zufrieden und zogen wieder ab.«

Mona wusste nicht, was sie von dieser Begegnung halten sollte. Einerseits wurde durch die Aussage des Stegwarts die Annahme bekräftigt, dass Sylvia Blome und ihr Neffe einander sehr nahe standen. Andererseits konnte die Kommissarin keinen Zusammenhang zwischen dem beabsichtigten Mieten eines Bootes und dem Drogenschmuggel erkennen. Das Kokain *war* ja in die Nordsee geworfen worden, vermutlich von einer anderen Yacht aus. Hatten also die Witwe und Drescher gar nichts mit dem Rauschgiftgeschäft zu schaffen? Enno trank seine Tasse aus und warf Mona einen listigen Blick zu: »Schau mich bitte nicht so enttäuscht an, das Beste weißt du ja noch gar nicht: Blome war vor einigen Tagen ebenfalls im Hafen, allerdings in Begleitung einer anderen Frau – ich spreche von *Knochen-Fee*!«

Kapitel 10

Natürlich wusste Mona, wen ihr Kollege meinte. Fee Tietjen war eine gebürtige Borkumerin, die schon mehrfach mit dem Gesetz in Konflikt gekommen war – meist wegen Rauschgiftdelikten. Bei den Inselpolizisten hieß sie intern nur »Knochen-Fee«, weil sie sich gelegentlich Hühnergebeine als Schmuck durch die Ohrläppchen und die Nase zu stechen pflegte, um ihr wildes und verwegenes Aussehen abzurunden. Ansonsten bestand ihre Kleidung zumeist aus schwarzen ärmellosen Oberteilen mit Totenkopf-Deko, Shorts oder Miniröcken sowie Kampfstiefeln.

»Ich habe Knochen-Fee nicht mehr gesehen, seit wir sie voriges Jahr beim Klauen in einem Souvenirladen ertappten«, dachte Mona laut nach. »Ich nahm an, sie wäre nach ihrer letzten Verurteilung gar nicht mehr auf die Insel zurückgekehrt. Angeblich hat sie ihre große Liebe in Groningen gefunden, jedenfalls hat sie das bei unserer damaligen Begegnung behauptet.«

»Du hast mit der jungen Dame *Frauengespräche* geführt?«, wunderte sich der Oberkommissar.

»Das hörte sich gerade danach an, aber tatsächlich wollte sie mir nur unter die Nase reiben, dass ihr toller Pieter sie auf Händen tragen würde, während ich zurück nach Borkum fahren und mein kleinkariertes Beamtendasein fristen müsste«, erklärte Mona. Sie hatte Fee Tietjen nämlich zuletzt bei dem Strafprozess in Emden gesehen, zu dem die Kommissarin als Zeugin geladen war. Enno war wegen einer Mandelentzündung entschuldigt gewesen.

»Vielleicht ist die große Liebe zu Pieter aus Groningen ja schon wieder passé«, vermutete der Ostfriese, »wollen wir gleich mal zu Hanna fahren und herausfinden, ob ihre Enkelin anwesend ist?«

Die Eltern der jungen Straftäterin wohnten nämlich schon seit einigen Jahren auf dem Festland, in Wittmund. Die betagte Witwe Hanna Tietjen wollte hingegen ihre geliebte Heimatinsel nicht verlassen, wofür Mona volles Verständnis hatte. Es war sinnvoll, zunächst bei der Großmutter nach der Verdächtigen zu suchen. Eine aktuelle Meldeadresse hatte Fee Tietjen auf Borkum nicht, wie ein schneller Blick ins Einwohnermelderegister bewies. Dies musste allerdings nach Monas Meinung nichts bedeuten; sie hielt Knochen-Fee nicht für einen Menschen, der es mit An- und Abmeldungen bei den Behörden allzu genau nahm. Die Kommissarin hatte während des Gesprächs mit Enno bereits eine Tasse Tee zu sich genommen. Jetzt genehmigte sie sich noch ein wenig mehr von der starken Assam-Mischung. Es war inzwischen fast 19 Uhr, aber in Ostfriesland konnte man Tee zu jeder Tages- und Nachtzeit trinken.

»Wir haben heute sogar die Mittagspause ausfallen lassen«, stellte der Oberkommissar mit einem bedauernden Unterton in der Stimme fest, während die beiden ihr Büro verließen und zum Auto gingen.

»Ich hatte eigentlich gedacht, dass du dich auf dem Weg zum Yachthafen gestärkt hättest«, vermutete Mona.

»Ohne dich ist eine Pause nur halb so schön«, versicherte er treuherzig. Sie lachte und kniff ihm spielerisch in die Wange. Sie verspürte inzwischen Appetit, denn nach dem späten zweiten Frühstück mit Drescher in der *Black Pearl* hatte auch sie nichts mehr in den Magen bekommen, wenn man von dem Tee und dem Aperitif mit Gerlitz absah. Sie beschloss, später ihren Freund Jan Lummer in seiner *Nordsee Kajüte* zu besuchen und dort zu speisen. Die meisten Gäste des gemütlichen Lokals am Yachthafen waren zwar eher an flüssiger Nahrung interessiert, aber es gab dort auch einige kleine warme Gerichte. Knochen-Fees Großmutter hatte ein kleines Haus an der Reedestraße, die den Ortskern mit dem Fährhafen verband. Enno startete den Automotor und fuhr los.

»Ich habe Hanna schon länger nicht mehr gesehen«, meinte er, »ich hoffe, dass es ihr gut geht. Aber wenn ihr etwas zugestoßen wäre, hätten wir das schon erfahren. In der Gegend dort achten die Menschen aufeinander, die meisten kennen die Leute in ihrem Umfeld schon seit ihrer Geburt.«

Die Kommissarin konnte ihrem Kollegen nur zustimmen. Hanna Tietjen wohnte auf dem Abschnitt der lang gestreckten Reedestraße, wo diese vom Krummen Blockweg gekreuzt wurde. Dort standen viele Rotziegelhäuser, die größtenteils von Insulanern bewohnt wurden. Die Kommissare hatten vor Kurzem dort einen flüchtenden Taschendieb verfolgt und ihn schließlich aufgrund der guten Beobachtungen von Anwohnern festnehmen können. Enno parkte ein Stück weit von Hanna Tietjens Haus entfernt, dann gingen die beiden dorthin. Mona klingelte. Im Inneren ertönte muntere Musik – die »Klangfarbe« entsprach dem Tagesprogramm eines beliebten norddeutschen Senders. Ein wenig später wurde die Tür geöffnet. Hanna Tietjen hatte eine helle Strickjacke und eine bequem geschnittene Leinenhose an, außerdem Gartenclogs. Die betagte

Hausbesitzerin trug eine dicke Hornbrille auf der Nase. Sie schaute interessiert zu der Kommissarin auf; Mona begegnete nicht oft erwachsenen Menschen, die eine noch geringere Körperlänge aufwiesen als sie selbst. Die Sehhilfe erfüllte jedenfalls ihren Zweck, denn die Seniorin erkannte die Besucher sofort: »Moin, Mona! Wie schön, dass du dich mal wieder hier sehen lässt. Und Enno ist auch erschienen. Fee wird sich bestimmt darüber freuen, dass ihr sie nicht vergessen habt.«

Daran hatte die Kommissarin ihre Zweifel, die sie allerdings für sich behielt. Hanna Tietjen verfügte über ein sonniges Gemüt. Wenn man ihre Art weniger freundlich umschrieb, dann war sie einfach etwas weltfremd. Sie schien Mona für eine Freundin ihrer Enkeltochter zu halten – und nicht für die ermittelnde Beamtin, die mit ihrer Zeugenaussage zur letzten Verurteilung von Knochen-Fee beigetragen hatte. Und Enno? Die ältere Dame lächelte ihn an: »Du bist ja ganz schön groß geworden!«

Als gebürtige Insulanerin hatte Hanna Tietjen den Oberkommissar natürlich schon gekannt, als er noch ein kleiner »Friesenjung« gewesen war. Ob sie aktuell auf dem Schirm hatte, dass er jetzt bei der Polizei arbeitete?

»Hanna, wir möchten gern mit Fee sprechen«, sagte er.

»Das dachte ich mir schon, aber das Kind ist leider unterwegs. Sie sucht ständig nach neuen Arbeitsstellen, das muss ja heutzutage nicht leicht sein«, gab die alte Dame zurück.

»Hat sie denn gesagt, wohin sie wollte?«, erkundigte Mona sich.

»So direkt nicht, aber wahrscheinlich wird sie am Hafen nach einer Anstellung fragen«, lautete die Antwort. »Meine Fee hat eben Seefahrerblut in ihren Adern, sie kommt ganz nach dem großen Adrian Tietjen.«

Der Name sagte Mona nichts. Sie nahm sich vor, Enno später danach zu fragen. Ihr Kollege kam ihr manchmal wie ein wandelndes Borkum-Lexikon vor. Für den Moment interessierte sie ein anderer Punkt: »Hast du eine aktuelle Mobilnummer, über die wir deine Enkelin erreichen können?«

»Ja, die hat sie mir aufgeschrieben. Kommt doch bitte herein, ich muss kurz danach suchen.«

Die Kommissare folgten ihr in die Wohnküche, in der sie offenbar den größten Teil ihrer Zeit verbrachte. Mona hatte sich schon bei ihrem ersten Besuch dort wohlgefühlt. Es roch nach Erbsensuppe und geräuchertem Speck. Der einzige Wandschmuck bestand aus einem vergilbten Gratiskalender der Sparkasse. Auf dem Tisch lag eine bunte Wachsdecke. Die Kommissarin suchte vergeblich nach Hinweisen, die auf Knochen-Fees Anwesenheit hindeuteten. In dem Raum gab es einen riesigen Küchenschrank, der gewiss in den Fünfzigerjahren des vorigen Jahrhunderts gebaut worden war. Er war etwas abgenutzt, aber ansonsten intakt. Damals hatte man noch Möbel gekauft, die ein Leben lang gehalten hatten. Hanna Tietjen zog mehrere Schubladen auf, in denen sich allerlei Krimskrams befand – von Gummibändern bis zu der Zigarettenpackung einer Marke, die seit dreißig Jahren nicht mehr hergestellt wurde. Es waren tatsächlich noch einige Glimmstängel darin – was Mona ohnehin nicht kümmerte, da sie genau wie Enno nicht rauchte.

»Ich muss das Papier verlegt haben«, murmelte Hanna Tietjen. Mona klopfte ihr auf die Schulter: »Das ist doch nicht so schlimm. Wir machen uns auf die Socken und halten nach Fee Ausschau. Wenn sie zurückkommt, dann sag ihr doch bitte, dass wir mit ihr sprechen wollen.«

»Ja, mach ich«, versicherte die Großmutter der jungen Frau.

»Wer war denn der ›große Adrian Tietjen‹?«, wollte Mona wissen, als die Kommissare wieder im Auto saßen.

Der Oberkommissar antwortete: »Adrian hat zur ›goldenen‹ Zeit des Walfangs gelebt, im 18. Jahrhundert. Er ist ein direkter Vorfahre von Hanna und Fee. Er war Kommandant eines Schiffs, das im Nordmeer Grönlandwale erlegte. Damals brachte er es zu Ruhm und Reichtum, aber spätere Generationen gingen mit dem Vermögen nicht sorgsam um. Deshalb wohnt Hanna heutzutage in einem so bescheidenen Häuschen.«

»Und ihre Enkelin stößt sich keine Gebeine von Walfischen, sondern Hühnerknochen durch die Nase«, scherzte Mona, wurde aber gleich darauf wieder ernst: »Fees süße Omi mag ja glauben, dass dieses Früchtchen auf Jobsuche ist – ich denke, sie hat ganz andere Absichten.«

»Worauf willst du hinaus?«, fragte Enno. Seine Kollegin erklärte: »Lass uns mal davon ausgehen, dass Fee Tietjen an Bord des Bootes war und die Drogenpakete in die See geworfen hat. Das ist frühmorgens geschehen, also kann sie danach wieder problemlos auf Borkum abgesetzt worden sein.«

Der Oberkommissar führte den Gedanken weiter: »Wir wissen nicht, wo Fee gestern oder vorgestern gewesen ist. Hast du nicht von einem Freund gesprochen, den sie in Groningen hat? Das Boot mit den Drogen könnte einen niederländischen Hafen verlassen haben, mit Fee an Bord. Als Einheimische mit Seefahrerblut – wie ihre Großmutter so schön sagte – wirft sie das Kokain an der passenden Stelle zur richtigen Zeit ins Meer. Blome kann drei Pakete bergen. Nur eins bleibt übrig, wegen dieses technischen Defekts – glücklicherweise, sonst hättest du es nicht finden können. Aber wo hat er das Rauschgift zwischengelagert?«

»Nicht im Ferienhaus, dann hätten es die Kollegen von der Spurensicherung finden müssen«, stellte die Kriminalistin klar. Sie fuhr fort: »Und auch nicht in einem Versteck, das Fee bekannt war. Die junge Dame hat es nämlich faustdick hinter den Ohren, glaubst du nicht auch? Wenn sie wüsste, wo sich die Drogen befinden, würde sie damit auf Nimmerwiedersehen verschwinden.«

»Das hätte Fee schon auf dem Boot tun können«, gab Enno zu bedenken. »Warum sollte sie Blome nicht übers Ohr hauen? Wenn er auf Borkum die Lieferung erwartet – wie will er verhindern, dass sie von den Niederlanden aus mit dem Stoff einfach irgendwo auf der Welt untertaucht?«

Das war eine berechtigte Frage, wie die Kommissarin fand. Ob es eine emotionale Bindung zwischen Blome und Fee gegeben hatte? Das mussten die Ermittler herausfinden. Falls das nicht zutraf, hatte Blome vielleicht ein Druckmittel gegen die junge Frau in der Hand gehabt. Während ihres Gesprächs hatten die Kommissare bereits den Borkumer Hafen erreicht. Die Kaianlagen wirkten verwaist, denn die Autofähren und Katamarane, die zwischen Emden beziehungsweise Eemshaven und dem Eiland verkehrten, hatten bereits abgelegt und würden erst am nächsten Morgen wieder die Insel anlaufen. Aber im benachbarten Yachthafen herrschte immer noch reger Betrieb. Soeben verließ eine Segelyacht den Schutzhafen, ein anderes Boot mit schlankem weißem Rumpf nahm Kurs auf das Eiland.

»Ob Fee überhaupt schon mitbekommen hat, dass Blome nicht mehr lebt?«, dachte Mona laut nach.

»Fragen wir sie doch einfach«, schlug Enno vor. »Da hinten ist sie doch, oder?«

Er zeigte in die Richtung einiger abgestellter Lkws, die am nächsten Morgen mit der Autofähre Borkum verlassen sollten. Zwischen ihnen schlich eine schwarz gekleidete Gestalt herum. Obwohl der Oberkommissar seine Brille nicht aufgesetzt hatte, erkannte er Knochen-Fee sofort an ihrer Kleidung und ihrer Gestalt. Die Kommissarin fragte sich immer wieder, warum Kriminelle sich durch Tattoos und auffälliges Styling so präsentierten, dass sie selbst von einem Polizeischüler im ersten Ausbildungsjahr sofort aufgrund ihrer »besonderen Merkmale« identifiziert werden konnten. Mona winkte ihr zu.

»Moin, Fee!«, rief sie. »Komm mal rüber, wir müssen *schnacken*!«

Die Verdächtige hatte die Polizisten bisher nicht bemerkt. Nun drehte sie sich in ihre Richtung. Sie hielt ein altes Hollandrad am Lenker fest und schien einen Moment lang an Flucht zu denken. Aber es wäre nicht sehr clever von ihr gewesen, einfach zu türmen. Und zwar nicht nur, weil die Kommissare ein Auto dabeihatten, aus dem sie gerade gestiegen waren. Es gab genug schmale Pfade auf Borkum, auf denen man mit einem Pkw nicht weiterkam. Aber es handelte sich eben um eine Insel. Da war es nur eine Frage der Zeit, bis man von der Polizei erwischt wurde. Also führte Fee ihr Fahrrad am Lenker, während sie sich auf die Kommissare zu bewegte. Dabei schnitt sie eine Grimasse, als ob sie sich auf eine Wurzelbehandlung beim Zahnarzt einstellen musste.

»Ah, die werte Obrigkeit! Geruhen Miss Mona und ihr rundlicher Vasall das Lumpenpack einer Kontrolle zu unterziehen?«

Die Kommissarin seufzte. Sie hatte beinahe schon vergessen, dass Fee sich eine verdrehte Sprechweise angewöhnt hatte, von der sie glaubte, dass sie mittelalterlich klänge. Mona fand sie einfach nur nervig. Sie versuchte, sich ihre Gereiztheit nicht anmerken zu lassen: »Kennst du einen gewissen Paul Blome?«

»Ich fürchte, dass ich euer Ansinnen verneinen muss ...«, begann sie, aber Enno fiel ihr ins Wort: »Fee, verkauf uns bitte nicht für dumm. Du bist mit ihm gesehen worden, hier am Yachthafen. Und jetzt lebt Paul Blome nicht mehr. Wir gehen von einem Gewaltverbrechen aus.«

Der erfahrene Kriminalist wollte den Eindruck erwecken, als ob die junge Frau des Mordes verdächtig wäre. In Wahrheit glaubten die Ermittler nicht, dass sie Blome auf dem Gewissen hatte. Enno wollte sie mit seinen Worten nur aus der Reserve locken. Und das gelang ihm auch.

»Ja, ich habe die Bekanntschaft dieses Reisenden gemacht, der an einer aufgeweckten Maid wie mir Wohlgefallen fand«, behauptete Fee.

»Hast du ihn an deinen Hühnerknochen nagen lassen?«, fragte Mona schnippisch und zeigte auf das in Fees Nasenscheidewand steckende Gebein. Blome als ein Verehrer dieser schrillen Person? Natürlich war eine romantische Begegnung zwischen ihr und dem Mordopfer nicht gänzlich ausgeschlossen. Trotzdem hielt die Kommissarin Fees Behauptung für eine Lüge. *An ihrer Stelle würde ich auch nicht zugeben, als Drogenkurierin angeheuert worden zu sein,* dachte Mona. Sie beschloss, auf den Busch zu klopfen: »Als wir uns das letzte Mal gesehen haben, wolltest du mit deinem Pieter aus Groningen in den Sonnenuntergang reiten. Daraus ist wohl nichts geworden?«

Die Kommissarin stellte diese Frage nicht, um sich über möglichen Liebeskummer der Verdächtigen lustig zu machen. Vielmehr wollte sie herausfinden, ob es noch eine Verbindung zwischen Fee und ihrem niederländischen Freund gab. Falls das nämlich so war, dann ließ sich vielleicht etwas über das Schmuggelboot herausfinden. Ein Lächeln umspielte Fees Lippen. Sie konnte es nicht verhindern, obwohl sie soeben erst von Blomes Tod erfahren hatte. Warum hätte sie ihn auch betrauern sollen? Mona hatte keine Sekunde an eine Liebelei zwischen den beiden gedacht. Fee hatte ihre Emotionen nicht gut im Griff. Nach Monas Meinung hätte sie wenigstens versuchen können, Trauer oder Betroffenheit zu heucheln.

»Nein, die Schicksalsgötter haben für Pieter und mich etwas anderes vorgesehen. Und wenn Paul jetzt nicht mehr unter uns weilt, dann bin ich darüber natürlich untröstlich«, behauptete sie. Und wirkte dabei nach wie vor unglaubwürdig.

»Kennst du Paul Blomes Ferienadresse auf Borkum?«, fragte Mona.

»Er verweilte am Alten Damenpfad, mit seinem holden Weib und einem seltsamen Jüngling«, lautete die Antwort. *Seltsam? Und das aus deinem Mund,* dachte die Ermittlerin. Woher wusste Fee so genau darüber Bescheid? Hatte Blome sie dorthin mitgenommen? Mona stellte diese Frage zurück und konzentrierte sich auf einen anderen Punkt.

»Warum bist du mit Paul Blome am Yachthafen gewesen?«, wollte die Kommissarin wissen. Knochen-Fee biss sich auf die Unterlippe.

Es war ihr offenbar gar nicht recht, dass die Kommissare darüber Bescheid wussten. Sie zuckte mit den Schultern: »Es war mein Ansinnen, Paul die schönsten Plätze meines Heimatorts zu zeigen. Mein Herzbube liebte die tosenden Wogen des schäumenden Meeres, genau wie ich es tue.«

Du kannst uns ja viel erzählen, wenn der Tag lang ist, dachte die Ermittlerin. Sie fragte: »Wo hast du Blome eigentlich kennengelernt?«

Fee Tietjen schaute sie so verblüfft an, als ob Mona eine Selbstverständlichkeit infrage gestellt hätte: »Am Strand, wo sonst? Ich war zutiefst beeindruckt von der Tollkühnheit, mit der Paul sich in diesen fliegenden Wagen warf und vom Windgott davontragen ließ.«

Sie lächelte, als ob sie diese Szene in ihrer Fantasie deutlich vor Augen hätte. Vielleicht war das ja auch wirklich so. Die Kommissarin hatte jedenfalls von Knochen-Fees blumiger Ausdrucksweise die Nase voll: »Ich will dir ja gern glauben, dass du mit deinem Ex-Freund nicht mehr liiert bist. Trotzdem möchte ich gern seinen vollständigen Namen wissen. Und versuch nicht, uns anzulügen – Blome wurde höchstwahrscheinlich umgebracht, und wer bei einer Mordermittlung die Unwahrheit sagt, hat ganz schlechte Karten.«

»Er heißt Pieter de Groot«, stieß die Verdächtige hervor – diesmal ganz ohne sprachliche Extravaganzen. Mona ließ sich noch ihre Mobilnummer geben.

»Darf ich mich nun in heimische Gefilde zurückziehen?«, fragte Fee Tietjen beinahe schüchtern. »Meine Großmutter wird wegen meines Verbleibs gewiss schon besorgt sein.«

»Grüße Hanna bitte von uns«, sagte Enno freundlich. »Ich möchte nur noch einen Punkt klären: Warst du während der letzten Tage und Nächte stets auf Borkum?«

»Ja, so ist es. Und das kann meine Oma bezeugen«, erwiderte die Verdächtige – wieder ohne ihre typische Ausdrucksweise zu benutzen. Dann schwang sie sich auf ihr Fahrrad, schaltete die Lampe ein und schlug die Richtung zur Reedestraße ein. Mona erinnerte dieser Anblick an einen schwarzen Raben. Das weite, dunkle Oberteil der jungen Frau flatterte im Wind, ließ an Flügel denken. Die Ermittler schauten ihr hinterher, bis das rote Rücklicht nicht mehr zu erkennen war.

»Fee hat gelogen«, vermutete Mona, »das konnte ich ihr an der mit Knochen geschmückten Nasenspitze ansehen. Blome entsprach überhaupt nicht ihrem ›Beuteschema‹, was Männer anging. Da bin ich mir sicher, auch wenn ich es nicht beweisen kann.«

»Ja, und Hannas Zeugenaussage zugunsten ihrer Enkelin ist leider wertlos«, meinte der Oberkommissar. Er fuhr fort: »Meine Frau hat sie neulich im Supermarkt getroffen. Fees Oma nimmt starke Schlafmittel, das hat sie Birte erzählt. Fee könnte abends mit der Fähre nach Eemshaven fahren und dort in eine Yacht steigen, um den Drogentransfer über die Bühne zu bringen. Am nächsten Morgen kehrt sie dann auf die Insel zurück, ohne dass ihre Großmutter ihre Abwesenheit überhaupt bemerkt.«

»Blome war ja bereits im vorigen Sommer auf Borkum«, erinnerte Mona. »Es ist gut möglich, dass er Fee damals schon kennengelernt hat. Jedenfalls ist sie erst im Herbst zu einer kurzen Haftstrafe verurteilt worden, sie kann also während der warmen Monate durchaus auf der Insel gewesen sein.«

Während die beiden miteinander sprachen, gingen sie zum Yachthafen. Der Stegwart warf ihnen einen fragenden Blick zu.

»Ich muss dich noch einmal behelligen«, erklärte Enno. »Hat während der letzten Tage ein niederländisches Boot mit einem Eigner namens Pieter de Groot hier angelegt?«

Der Stegwart musste nicht lange in seiner Kladde suchen, bis er den entsprechenden Eintrag gefunden hatte.

»Ja, aber nur für eine Nacht«, lautete die Antwort. »Die *Eloise* traf vor drei Tagen nachmittags ein, am nächsten Tag legte sie schon wieder ab. Das ist aber nicht ungewöhnlich. Viele Skipper ›klappern‹ ja die westfriesischen und ostfriesischen Inseln ab und bleiben jeweils nur einen oder zwei Tage jeweils auf einem Eiland.«

Dies war den Kommissaren natürlich auch bekannt. Enno wollte noch wissen, ob der Stegwart während der Liegezeit der *Eloise* Blome und Fee auf dem Gelände gesehen hätte. Daran konnte der Zeuge sich nicht erinnern, was die Kommissarin höchst verständlich fand. In den Sommermonaten ging es im Yachthafen zu wie in einem Taubenschlag.

»*Pieter und Paul*«, brummte der Ostfriese, nachdem sie den Yachthafen hinter sich gelassen hatten. »Man könnte meinen, dass dieser Fall eine religiöse Wendung nimmt – wenn es sich nicht einfach nur um sehr beliebte Vornamen handeln würde.«

Er griff zum Smartphone.

»Wen willst du anrufen?«

»Meinen Kontakt bei der Küstenwache. Es ist doch hilfreich, dass wir nun immerhin den Namen von Pieter de Groots Yacht kennen.«

Während der Oberkommissar telefonierte, ließ Mona ihren Blick zum Lokal ihres Freundes hinüber schweifen. Es befand sich nur einen Steinwurf weit vom Hafen entfernt. Die Außenbeleuchtung war schon eingeschaltet, Jan und das Team der *Nordsee Kajüte* bereiteten sich auf das Abendgeschäft vor. Die Kommissarin hatte inzwischen richtig großen Hunger – vor allem sehnte sie sich aber nach der Gesellschaft ihres Freundes, den sie seit einer gefühlten halben Ewigkeit nicht gesehen hatte. Dabei war es seit ihrer letzten Begegnung gerade mal drei Tage und Nächte her. Ennos Gespräch dauerte nicht lange. Er bedankte sich, steckte das Gerät weg und setzte eine zufriedene Miene auf: »Also – die *Eloise* war tatsächlich während der Nacht vor Blomes Ermordung in Borkumer Gewässern unterwegs. Es ist gut möglich, dass von der Yacht aus das Kokain ins Meer geworfen wurde. Die Küstenwache wird nun nach dem Kabinenkreuzer Ausschau halten, ebenso die *Marechaussee*.«

So lautete der Name der niederländischen Militärpolizei, die neben anderen Aufgaben auch für die Grenzsicherung zuständig war.

»Es ist also nur eine Frage der Zeit, bis Pieter de Groot verhaftet wird?«, vergewisserte Mona sich. Der Oberkommissar wiegte den Kopf: »Zumindest besteht nun der Verdacht auf Drogenschmuggel. Ob sich an Bord Beweismaterial sicherstellen lässt, muss sich zeigen. – Ich finde, wir haben für heute genug getan. Vor allem, wenn man bedenkt, dass du eigentlich frei hast. Lass uns morgen früh weitermachen.«

Damit war die Kriminalistin einverstanden: »Ja, prima. Ich mach mich jetzt auf den Weg zu Jan, wir sehen uns morgen auf der Dienststelle.«

»Herzliche Grüße an deinen Liebsten«, sagte Enno lächelnd und ging zum Auto zurück.

Kapitel 11

Als die Kommissarin die Schwingtür des beliebten Seglerlokals aufstieß, klang ihr fröhlicher Sommerpop entgegen. Eigentlich würde die *Nordsee Kajüte* erst in einer Viertelstunde öffnen, aber Mona war ja kein normaler Gast. Es kam ihr so vor, als ob sie zum Gastro-Team gehören würde. Manchmal hatte sie sogar schon unentgeltlich als Kellnerin mit angepackt. Ihre Beziehung zu Jan Lummer währte nun schon einige Jahre und sie fühlte sich an seiner Seite immer noch glücklich. Sie hoffte, dass dies auf Gegenseitigkeit beruhte. Ihre widerspenstige und sprunghafte Art war für viele Menschen nicht leicht zu ertragen, darüber machte sie sich keine Illusionen. Ihr Freund schien ihr gewöhnungsbedürftiges Wesen hingegen sehr zu schätzen – zumindest hatte er ihr stets dieses Gefühl vermittelt. Sie hoffte, dass es noch sehr lange so weitergehen würde. Mona begrüßte die Bedienung Lina, die momentan für den Service zuständig war.

»Moin, sieht man dich auch mal wieder?«, fragte die blond gelockte Serviererin lächelnd und fügte hinzu: »Dein Liebster muss gerade im Keller noch ein Bierfass anschließen.«

»Kein Problem, ich habe Zeit«, versicherte Mona und fügte hinzu: »Heute möchte ich hier unbedingt etwas essen. – Wo ist die Speisekarte?«

Die Frage ließ Lina in Lachen ausbrechen: »So etwas gibt es hier nicht, das weißt du doch!«

»Richtig, ich hatte es bloß vergessen«, versicherte die Kommissarin mit einem schiefen Grinsen, »hinter mir liegt nämlich ein anstrengender Tag, und ich bin richtig durch den Wind. Du kannst mir doch gewiss sagen, was der Küchenchef heute gezaubert hat.«

»Selbstverständlich, Mona. – Du hast die Wahl zwischen Backfisch mit Bratkartoffeln und Bratkartoffeln mit Backfisch.«

Die Kommissarin legte den Zeigefinger an ihre geschürzten Lippen und tat so, als ob sie intensiv nachdenken müsse: »Hm, das ist eine schwierige Entscheidung. – Ich glaube, dass ich den Backfisch mit Bratkartoffeln probieren möchte.«

»Alles klar«, erwiderte Lina augenzwinkernd, »ich schaue mal nach, ob Lux den Herd schon angeworfen hat.«

Mit diesen Worten verschwand sie in der Lokalküche, um sich mit dem Koch kurzzuschließen. Er verdankte seinen Spitznamen der

Tatsache, dass er seinen echten Namen Ludwig verabscheute und lieber Lux gerufen werden wollte. Dieses lateinische Wort bedeutete Licht – und passte zu seiner großen birnenförmigen Nase, die zudem meist knallrot war. Mona glitt auf einen Barhocker. Jan stieg die Kellertreppe hoch. Als bekennender Modemuffel trug er sein übliches Alltags-Outfit: zerschlissene Jeans und ein *Iron-Maiden*-T-Shirt, das seinen Bauch nicht ganz kaschieren konnte. Jans Haare standen wirr vom Kopf ab. Seine Augen begannen zu strahlen, während er auf die Kommissarin zu ging und ihr einen Kuss gab. Seine Stimme hatte einen warmen Klang: »Schön, dich zu sehen, Mona. – Ich hatte schon befürchtet, dass du heute Nacht arbeiten musst.«

Die Kommissarin und der Wirt waren nicht miteinander verabredet gewesen, aber sie trafen sich meist spontan. Mona kam in sein Lokal, wenn sie Zeit und Lust hatte. Jan spielte nicht den Klammeraffen, er ließ ihr ihren Freiraum. Dafür liebte sie ihn umso mehr.

»Wie kommst du denn darauf?«, wollte sie wissen, während sie ihre Arme um seinen Nacken schlang und seine Zärtlichkeiten erwiderte. Es tat gut, ihn so nahe bei sich zu fühlen. Sie fügte hinzu: »Ich muss ganz bestimmt nicht rund um die Uhr arbeiten. Oltbeck fürchtet nämlich das *Controlling* wie der Teufel das Weihwasser. Darum achtet der Chef penibel darauf, dass wir nicht zu viele Überstunden anhäufen.«

»Dann bin ich ja beruhigt«, versicherte Jan augenzwinkernd und ergänzte: »Bevor ich in den Bierkeller gegangen bin, habe ich durchs Fenster dich und Enno mit Fee Tietjen sprechen sehen. Ich dachte, dass ihr sie verhaften würdet.«

»Warum hätten wir das tun sollen? Nur, weil sie sich einen Knochen durch die Nase jagt und wie ein Mönch in einem Mittelalter-Film redet?«, hakte sie nach und betonte: »Falls du allerdings eine Idee hast, was sie ausgefressen haben könnte, dann bin ich für jeden Hinweis dankbar.«

»Ich will niemanden in die Pfanne hauen«, versicherte Jan. Er trat hinter die Theke und begann damit, ein Bier für seine Freundin zu zapfen, bevor er fortfuhr: »Du kennst doch meinen Schuppen, in dem ich die leeren Getränkekisten und anderen Krimskrams aufbewahre. Vor ein paar Tagen wollte ich dort etwas Verpackungsmaterial zwischenlagern. Mir blieb fast das Herz stehen, als ich eintrat und plötzlich zwei Personen vor mir standen – Fee und ein Kerl!«

Mona horchte auf. Mit dieser Information hatte sie nicht gerechnet. Sie fischte ihr Smartphone aus der Tasche und zeigte ihrem Freund ein Foto, das sie von dem toten Blome am Strand gemacht hatte: »Sprechen wir von *diesem* Mann? Hast du ihn zusammen mit Fee gesehen?«

»Ja, das ist er! Er sieht so seltsam bleich aus, lebt er nicht mehr?«

»Genau, Enno und ich haben wieder mal eine Mordermittlung am Hals. – Du hast doch bestimmt gefragt, was die beiden in deinem Abstellraum zu suchen haben?«

»Ja, natürlich. Der Mann kriegte die Zähne nicht auseinander, dafür war Fee umso redseliger. Du weißt ja, wie sie sich ausdrückt.«

»Ich habe erst vor wenigen Minuten eine Kostprobe bekommen«, gab Mona seufzend zurück. Jan lachte und fuhr fort: »Sie behauptete, dass ihr Begleiter ihr neuer Freund sei und sie mit ihm ungestört an einem abgeschiedenen Ort hatte fummeln wollen. Sie kleidete es natürlich in andere Worte.«

»Und – fandest du sie glaubwürdig?«

»Ich bin mir nicht sicher, Mona. Einerseits bemerkte ich an seiner Hand einen Ehering. Also wäre es möglich gewesen, dass er eine diskrete Affäre mit einer jüngeren Frau hatte. Und Fee wohnt bei ihrer Oma, dort wird sie ihren Liebhaber wohl kaum empfangen können. Aber es gibt auf Borkum genügend Ecken, in denen man keine Zeugen befürchten muss. Mein Abstellraum ist jedenfalls kein Ort, an dem ich romantische Gefühle bekommen würde. Ganz allgemein sah mir dieses Pärchen nicht so aus, als ob sie gerade übereinander hergefallen wären.«

»Nicht so, wie *wir* es üblicherweise tun«, meinte die Kommissarin kess und warf ihm einen verheißungsvollen Blick zu. Dann stellte sie fest: »Du hast keine Strafanzeige gestellt, davon wüsste ich. Wenn man so eine neugierige und mitteilsame Kollegin wie Grietje Smit hat, dann bekommt man alle Neuigkeiten auf der Wache brühwarm unter die Nase gerieben.«

»Ich fand es übertrieben, wegen so einer Lappalie zur Polizei zu rennen. Es wurde ja nichts gestohlen. Außerdem haben die beiden sich verzogen, ohne weiteren Ärger zu machen.«

»Und was ist mit dem Vorhängeschloss, Jan? Wurde es nicht zerstört?«

Monas Freund schien einen Moment lang nachzudenken, dann schüttelte er den Kopf: »Nee, es war einfach nur offen. Ich dachte, dass ich es selbst nicht wieder abgeschlossen hätte.«

Was hatte das alles zu bedeuten? Monas Neugier war geweckt. Obwohl ihre Gedanken bis vor wenigen Sekunden um das warme Abendessen und die bevorstehende Liebesnacht mit ihrem Freund gekreist hatten, war sie nun wieder mental ganz bei ihrem Mordfall. Sie ließ sich vom Hocker gleiten. Jan machte ein langes Gesicht: »Ist etwas nicht in Ordnung?«

»Alles bestens, Süßer. Ich bräuchte nur bitte mal kurz deinen Schuppenschlüssel.«

Er gab ihr das Gewünschte. Sie verließ die *Nordsee Kajüte* durch den Hinterausgang. Den Holzverschlag, in dem Jan das Pärchen überrascht hatte, konnte man problemlos erreichen. Dafür musste man nicht das Lokal durchqueren, man hätte auch von außen an ihn herankommen können. Der Hof war nicht durch eine hohe Mauer oder ähnliches gesichert. Die Kommissarin öffnete das Vorhängeschloss. Jeder halbwegs begabte Dieb hätte es mit einem Schraubendreher oder einem Draht aufbekommen, ohne Spuren zu hinterlassen. Andererseits – was sollte man dort stehlen? Leere Getränkekisten oder Säcke mit Recyclingmaterial? Mona öffnete die Tür und schaltete das Licht ein. Eine einsame Glühbirne baumelte von der Decke, sie war mit Fliegenkot bedeckt und spendete nur trübes Licht. Der Verschlag war so vollgestellt, dass man sich kaum darin umdrehen konnte. Ob Fee vorhin noch einmal hier gewesen war? Wusste sie, dass Blome nicht mehr lebte? Nach Ansicht der Kommissarin hatte das kriminelle Duo diesen Schuppen nur aus einem Grund aufgesucht: Sie wollten prüfen, ob er sich als Zwischenlager für das Kokain eignete. Das Vorhängeschloss hatte weder Fee noch Blome abschrecken können. Die Kommissarin stellte sich vor, was geschehen sein musste: Die beiden Verdächtigen hatten gemeinsam einen Platz gesucht, an dem sich die Drogen unauffällig »parken« ließen – und zwar außerhalb des Ferienhauses. Blome kannte sich auf Borkum natürlich nicht so gut aus wie die einheimische Knochen-Fee. Mona musste zugeben, dass der Holzverschlag für diesen dunklen Zweck gut geeignet war. Man konnte ihn zu jeder Tages- und Nachtzeit erreichen und das Rauschgift weitertransportieren. Blome war vermutlich frühmorgens mit dem Strandsegler aufgebrochen, um die Pakete aus der Nordsee zu fischen. Daraufhin hatte er die Schmuggelware im Schuppen versteckt, war fürs Frühstück ins Ferienhaus zurückgekehrt – um dann eine Weile später bei seinem zweiten Strandsegel-Ausflug zu sterben. Während die Ermittlerin diese Überlegungen anstellte, blieb sie natürlich nicht untätig. Sie schaute sich in dem kleinen Verschlag um. Es roch nach schalem Bier und Plastik. Mona räumte einige leere Kisten zur Seite. Der Boden war trocken, nur an einer Stelle nicht. Sie kniete sich hin und berührte mit den Fingerspitzen den Untergrund. Hier war es feucht – wahrscheinlich, weil die nassen Pakete an der Stelle gelegen hatten, gut versteckt unter einer umgedrehten leeren Bierkiste. Einerseits freute Mona sich, weil sie diese Entdeckung gemacht hatte. Andererseits war sie enttäuscht, denn jemand hatte die Drogen zwischenzeitlich entfernt. Fee oder Blome? Für die Kommissarin kam eher die chaotische junge Frau infrage – wann hätte denn das spätere Mordopfer noch einmal hierher zurückkehren sollen? Das kam schon vom zeitlichen Ablauf her nicht hin. Mona führte sich vor Augen, dass Fee die Drogen wahrscheinlich bei sich gehabt hatte, als sie vorhin mit den Kommissaren sprach – und zwar in ihrem Rucksack!

»Adieu, Backfisch!«, sagte sie laut, während sie den Verschlag wieder abschloss und in den Schankraum zurückkehrte. Dort hatte Jan schon ein Bier für sie auf die Theke gestellt. Sie warf ihm eine Kusshand zu: »Ich bin untröstlich, aber der edle Gerstensaft muss warten! Und sag Lux bitte, dass er mir den Backfisch warm stellen soll. Ich bin so bald wie möglich wieder hier!«

Der Wirt kannte die spontane Art seiner Polizei-Freundin. Daher spielte er nicht die beleidigte Leberwurst, sondern lächelte nur und sagte: »Kein Problem, die Abendschicht hat ja gerade erst begonnen. Ich warte auf dich.«

Sie verließ die *Nordsee Kajüte*, blieb vor dem Eingang stehen und genoss für einen Moment den kühlen salzigen Wind auf ihrem Gesicht. Dann rief sie Enno an: »Tut mir leid, deinen Feierabend zu stören – aber wir müssen Fee sofort verhaften, bevor sie abhaut!«

»Ja, nach unserer Begegnung mit ihr kann sie sich denken, dass wir ihr auf den Fersen sind«, erwiderte der Oberkommissar. »Ich wette, dass du neue Informationen hast. – Wo bist du momentan?«

»Immer noch bei der *Nordsee Kajüte*. – Und es stimmt: Wir können der jungen Dame wahrscheinlich ihre Beteiligung am Drogenschmuggel nachweisen!«

»Sehr gut, dann hole ich dich dort ab.«

Mona bedankte sich und beendete das kurze Telefonat. Ihr Jagdfieber war erwacht, es überlagerte das hohle Gefühl in ihrem Magen. Sie ging unruhig hin und her, während sie auf das Eintreffen ihres Kollegen wartete. Sie dachte weiterhin über das Versteck nach. Ob Fee wusste, dass die Kommissarin und der *Nordsee-Kajüte*-Wirt ein Liebespaar waren? Stellte die Zweckentfremdung von Jan Lummers Schuppen als Drogenversteck eine subtile Form der Rache für die Verhaftung im vorigen Jahr dar? Mona hatte mit Fee gewiss nicht über ihre Beziehung gesprochen; andererseits war es auf Borkum kein Geheimnis, dass die quirlige Kommissarin seit einigen Jahren »vergeben« war. Viel wichtiger fand Mona die Frage, ob Fee bereits von Blomes Tod gewusst hatte oder nicht. Sie hatte nicht besonders überrascht oder traurig gewirkt, aber das war noch kein Beweis für ihre Tatbeteiligung. Die junge Kriminelle kannte zweifellos das Kokain-Versteck. Wenn sie Blome für immer aus dem Weg räumte, konnte sie sich unbehelligt mit dem ganzen Rauschgift aus dem Staub machen. Aber war ihr ein Tötungsdelikt überhaupt zuzutrauen? Trotz Fees abenteuerlichem Aussehen war sie nie durch besondere Gewaltbereitschaft hervorgetreten. Bei ihrer Festnahme im vergangenen Jahr hatte sie beispielsweise keinen Widerstand geleistet. Aber es gab ja noch Pieter de Groot, ihren Freund oder Ex-Freund. Ihn kannte die Kommissarin überhaupt nicht, konnte sich also über seinen Charakter kein Urteil erlauben. Es war gewiss eine große Versuchung gewesen, bei dem Drogentransport Blome auszuschalten und sich die ganze Ladung unter den Nagel zu reißen. Aber warum waren Fee und Pieter de Groot dann nicht sofort mit dem Stoff verschwunden? *Blome hätte am Strand gestanden und in die Röhre geguckt,* dachte Mona. Es gab jedenfalls viele Fragen, die von der Frau mit dem Knochen in der Nase beantwortet werden mussten. Einige Zeit später erblickte die Kommissarin den Dienstwagen, der sich aus Richtung Ortsmitte näherte, langsamer wurde und zum Stehen kam. Sie öffnete die Beifahrertür und ließ sich auf den Sitz neben Enno fallen.

»Jetzt bin ich gespannt wie ein Flitzebogen!«, beteuerte der Ostfriese.

»Dann will ich dich mal aufklären«, gab sie zurück und berichtete kurz, was sie in der Zwischenzeit herausgefunden hatte. Enno hatte den Wagen gewendet, sie fuhren nun auf das Haus von Hanna Tietjen zu.

»Mir ist gar nicht aufgefallen, dass Fee einen Rucksack dabeihatte«, gestand er.

»So war es aber«, stellte Mona klar und erklärte: »Sie trägt ihn immer unter ihrem weiten Oberteil, das war schon in der Vergangenheit so. Dadurch sieht sie manchmal aus wie der *Glöckner von Notre Dame*!«

»Fees Erscheinungsbild ist ohnehin gewöhnungsbedürftig«, gab Enno lächelnd zurück. Er fügte hinzu: »Hat sie denn gewusst, dass Blome nicht mehr lebt – ich meine, bevor wir es ihr mitgeteilt haben?«

»Diese Frage habe ich mir auch schon gestellt«, sagte Mona. »Wir werden die Dame erst einkassieren, idealerweise mitsamt dem Kokain … dann sehen wir weiter.«

»Wir müssen die Drogen bei ihr sicherstellen«, machte Enno deutlich. »Ansonsten haben wir nämlich nichts gegen sie in der Hand. Noch können wir nicht beweisen, dass sie an Bord der *Eloise* war und das Rauschgift über Bord geworfen hat.«

»Und Jan wollte sie wegen des Einbruchs nicht anzeigen«, sagte Mona, »er konnte sich noch nicht mal erinnern, ob er überhaupt abgeschlossen hatte.«

»Wir werden sie gewiss überrumpeln können«, meinte der Ostfriese mit seiner gewohnten Zuversicht. Er brachte den Wagen ein Stück weit neben dem Tietjen-Haus zum Stehen. Dort brannte in zwei Räumen Licht – ein Beweis, dass Fee daheim war? Auf jeden Fall lehnte ihr altes Hollandrad an der Hauswand. Enno klingelte an der Tür, Mona stand neben ihm. Hanna Tietjen öffnete ihnen, empfing sie mit beachtlicher Lautstärke: »Mona und Enno! Das ist ja nett, ihr schaut gleich zweimal am Tag vorbei! Ihr habt Glück, jetzt ist meine Enkeltochter daheim. – Fee, kommst du mal?!«

Einen Moment lang geschah nichts, dann hörte Mona ein schrilles Quietschen. Von einem alten Türscharnier oder von einer nicht genügend geölten Fensterangel? Sie tippte auf die zweite Möglichkeit. Ohne lange Vorrede rannte sie los und bog um die Hausecke. Ihr Bauchgefühl hatte ihr wieder einmal den richtigen Weg gewiesen. Fee war aus dem Fenster ihres Zimmers gesprungen und wollte nun davonlaufen.

»Polizei! Stehenbleiben!«, fauchte Mona. Die Verdächtige lief noch ein paar Schritte weiter, dann hatte die Kommissarin sie eingeholt und zu Boden gebracht. Fee stieß ein paar lateinisch klingende Wörter aus. *Das sind entweder mittelalterliche Flüche oder magische Verwünschungen,* dachte die Ermittlerin grinsend.

»Warum denn so eilig?«, spottete sie. »Und dann auch noch mit so einem schweren Rucksack! Du hast doch gewiss nichts dagegen, wenn ich einen Blick hineinwerfe?«

Knochen-Fee hatte es die Sprache verschlagen. Kein Wort kam über ihre Lippen, weder in allgemein verständlicher Art noch mit ihrem unverwechselbaren Zungenschlag. Sie zappelte lediglich wie ein Fisch auf dem Trockenen. Die Verdächtige konnte aber nicht verhindern, dass Mona ihr den Rucksack vom Rücken zog und ihn öffnete. Ihr Herz machte einen Freudensprung, als sie die drei Päckchen erblickte. Sie waren genauso mit roter Kunststofffolie umhüllt wie das von ihr am Strand entdeckte Exemplar. Und sie war sicher, dass sie ebenso Drogen enthielten.

»Ich verhafte dich unter dem dringenden Verdacht, illegale Betäubungsmittel zu besitzen. Du musst dich zum Tatvorwurf nicht äußern und dich auch nicht selbst belasten. Außerdem kannst du einen Rechtsbeistand hinzuziehen.«

»So sei es, falsche Schlange und Vollstreckerin finsterer Mächte!«, wütete Knochen-Fee.

»Was immer du möchtest, Süße«, gab Mona voller Genugtuung zurück.

Kapitel 12

Mona war erst spät zu ihrem Backfisch mit Bratkartoffeln gekommen, nachdem sie und Enno Fee zur Wache gebracht hatten. Lux war bei der Zubereitung ihres Essens mit dem Salz nicht sparsam gewesen; auf jeden Fall musste sie das Gericht mit ein paar Bieren herunterspülen, was einige Zeit in Anspruch genommen hatte. Entsprechend kurz war ihre Nachtruhe, obwohl sie bei Jan und nicht in ihrer weiter entfernten Wohnung in der Walfangerstrate geschlafen hatte. Trotzdem ließ die Kommissarin es sich nicht nehmen, ihre übliche Morgenroutine durchzuziehen. Also schlich sie sich nach draußen, um ihren Freund schlafen zu lassen. Wenig später erschien sie bei den Molls, um ihre riesige Dogge für die übliche Spazierrunde abzuholen. Während Rufus mit seinen Artgenossen am Hundestrand spielte, war die Ermittlerin in Gedanken schon wieder bei ihrem Mordfall. Kamen Fee und Pieter de Groot als Mörderpaar infrage? Aber wie hätte die schrille Knochenfrau das Gift platzieren sollen? Fee war ja an Bord der *Eloise* gewesen, wenn alle bisherigen Annahmen stimmten. Wenn die Yacht in die Niederlande zurückgekehrt war, würde Fee nicht vor dem Morgen festen Boden unter den Füßen gehabt haben. Und wie hätte sie es schaffen sollen, bis zum Frühstück ins Ferienhaus zu gelangen und dort das Frühstück zu vergiften. Mona hielt inne, ihr kam ein Geistesblitz: Es sei denn, Fee hätte ein Lebensmittel schon am Vorabend präpariert. Ein Getränk oder eine Speise, die er morgens garantiert zu sich nahm. Die Kommissarin hoffte, an diesem Tag schon erste Laborergebnisse zu bekommen. Ansonsten konnte sie natürlich auch Sylvia Blome fragen, was ihr Mann morgens gern gefrühstückt hatte. Ein Tatmotiv war auf jeden Fall vorhanden: Es gab Menschen, die schon für weitaus weniger als vier Päckchen Kokain mordeten. *Und dann sind da ja auch noch die anderen Verdächtigen, die wir uns zur Brust nehmen müssen,* dachte die Kriminalistin. Sie brachte ihren Hund zu Birte zurück, flitzte in ihre Wohnung und wechselte die Kleidung. Mona wollte nicht an zwei Tagen hintereinander in kurzen Hosen zum Dienst erscheinen. Sie hatte am Vortag ohnehin ständig das Gefühl gehabt, von allen angestarrt zu werden. Mit nur fünf Minuten Verspätung traf sie auf der Wache ein.

»Moin, da bist du ja!«, freute Enno sich. »Ich wollte dir das Vergnügen überlassen, dem Chef die beschlagnahmten Drogen zu präsentieren.«

»Bring mich nicht in Verlegenheit«, gab sie zurück, während ihre Wangen sich vor Scham röteten. Aber sie war insgeheim stolz, dass aufgrund ihrer Überlegungen diese Festnahme gelungen war. Momentan hatte die Kommissarin aber noch etwas anderes auf dem Herzen: »Wie geht es eigentlich Hanna Tietjen? Ich hoffe nicht, dass die Verhaftung ihrer Enkelin ihr gesundheitliche Probleme bereitet.«

»Nee, da kannst du beruhigt sein«, gab ihr Kollege zurück und fuhr fort: »Ich war heute vor Dienstbeginn noch einmal bei ihr. In Hannas Augen ist Fee ein liebes Mädchen, das keiner Fliege etwas zuleide tun kann. Vor der Tatsache, dass Fee bereits mehrfach verurteilt wurde, verschließt sie die Augen. Deshalb wirkt sie auch nicht beunruhigt.«

»Hoffen wir, dass es nicht eines Tages zu einem ganz großen Realitätsschock kommt«, meinte Mona. Wenig später betraten die Kommissare das Büro des Dienststellenleiters. Oltbeck gingen fast die Augen über, als er die weiteren Kokain-Pakete erblickte und den dazu passenden mündlichen Bericht bekam.

»Das ist ja ein unglaublicher Erfolg, Frau Sander! Haben Sie den Inhalt schon überprüft?«

»Nee, wir wollten Ihnen zuerst alles zeigen«, gab sie zurück. Der Chef rieb sich die Hände: »Sehr gute Arbeit, Frau Sander und Herr Moll. – Die Drogenspur werden Sie nun allerdings von Ihrem Mordfall abkoppeln müssen, denn ich habe strikte Anweisung, bei weiteren Kokain-Funden das Landeskriminalamt hinzuzuziehen. Und das ist ja nun dank Ihnen erfreulicherweise geschehen.«

Mona fiel aus allen Wolken.

»Das wird aber gar nicht möglich sein, Herr Oltbeck! Vielleicht sind Fee und Pieter de Groot auch für den Mord an Blome verantwortlich, das wäre zumindest denkbar!«

»Sie haben noch andere Verdächtige, richtig?«

»Ja, aber ...«

»Ich muss Ihnen doch wohl Ihre Arbeit nicht erklären«, sagte der Chef gönnerhaft. »Solange Sie ergebnisoffen ermitteln, könnte es sich bei dem Täter auch um eine völlig andere Person handeln.«

»Dann möchte ich umgehend Fee Tietjen verhören, bevor sie von den Hannoveranern vom LKA gekidnappt wird!«, forderte sie.

Oltbeck lachte, aber ihre Worte waren nur halb scherzhaft gewesen. Sie verabscheute es, wenn jemand in ihren Fällen herumfuhrwerkte. Oltbeck klatschte in die Hände, als ob er ein Dompteur wäre: »Nun, dann also an die Arbeit! Vor heute Nachmittag wird das Team aus Hannover gewiss nicht auf die Insel kommen können. Wenn Sie ein Mordgeständnis von Fee Tietjen bekommen können, ist der Fall doch sowieso gelöst.«

Mona war froh, dass die Besprechung nun schon wieder vorbei war. Andernfalls hätte sie durch eine unbedachte Bemerkung garantiert die Pluspunkte verspielt, die sie soeben beim Chef gesammelt hatte. Die Kriminalistin ließ die Verdächtige in den Verhörraum führen.

»Hältst du es für möglich, dass Fee etwas mit dem Mord zu tun hat?«, wollte Enno von seiner Kollegin wissen.

»Aus der Drogennummer kommt sie nicht mehr heraus, in dem Punkt sind wir uns wohl einig«, erwiderte Mona. »Was die Intoxikation angeht, bin ich mir unsicher. Lass uns erst einmal hören, was unsere Verdächtige zu sagen hat – vorausgesetzt, wir werden aus ihren blumigen Ausführungen überhaupt schlau.«

Fee Tietjen schien die Nacht in der Arrestzelle gut überstanden zu haben. Allerdings verfügte sie über Erfahrung, war bereits in Untersuchungshaft und auch im normalen Strafvollzug gewesen. Ihren Knochenschmuck hatte sie natürlich ablegen müssen, da er als Waffe gegen die Polizisten hätte eingesetzt werden können. Der Verlust schien sie aber nicht zu stören. Sie lächelte den Ermittlern zu, als ob alles in bester Ordnung sei: »Ich wünsche, gut geruht zu haben! Wollen wir nun den jungen Tag gemeinsam auf eine möglichst angenehme Weise begrüßen?«

Mona fragte sich, was die Verdächtige mit dieser aufgesetzten Fröhlichkeit bezweckte. Wollte sie die Polizisten von ihrer Unschuld überzeugen? Das war schwer möglich, denn die Pakete hatten sich in ihrem Besitz befunden. Oder enthielten diese vielleicht gar keine Rauschmittel? Die Kommissarin wäre beinahe in Selbstzweifel verfallen, aber dann wurde sie auf sich selbst sauer. Warum hätte man für Sendungen mit harmlosem Inhalt so einen Aufwand betreiben sollen? Natürlich ging es um Drogen, das würde sich spätestens bei der Untersuchung im Labor herausstellen. Enno belehrte Fee über ihre Rechte, woraufhin sie ihm einen huldvollen Blick zuwarf: »Sorgen Sie sich nicht um mein Wohlergehen, werter Geselle Moll! Ich benötige keinen Advokaten, der wie ein Papagei für mich plappert. Mir ist nur allzu wohl bekannt, was ich getan habe und was nicht.«

»Darüber freuen wir uns«, erwiderte Mona mit mühsam unterdrückter Ungeduld. »Beginnen wir zunächst einmal mit einem Widerspruch, den ich bei unserem vorherigen Gespräch nicht vertiefen konnte. – Du behauptest, Blome wäre dein Geliebter gewesen. Da frage ich mich doch, ob du überhaupt in seinem Ferienhaus gewesen bist. Woher hättest du über seine Frau und seinen Neffen – den du als ›seltsamen Jüngling‹ bezeichnest – Bescheid wissen können?«

Ob die Verdächtige sich nicht mehr an ihre Behauptungen erinnerte? Jedenfalls kam von ihr nicht sofort eine Antwort. Zögernd öffnete sie schließlich doch den Mund: »Paul litt unter seiner Familie. Er schüttete mir sein Herz aus, verdammte seine Gattin, die ihn eher an einen Eisblock als an einen lebendigen Menschen erinnerte. Und er ließ kein gutes Haar an dem Bengel, der sich nahm, was ihm gar nicht zustand … Ich musste das Haus nicht von innen sehen, um über diese Beiden Bescheid zu wissen.«

Mona kam zur Sache: »Du hast den Ernst deiner Lage noch nicht verstanden, Fee. Das Ferienhaus wurde gestern von der Spurensicherung gründlich unter die Lupe genommen. Dabei hat man etliche Fingerabdrücke gesichert, die noch nicht zugeordnet werden konnten. Zu dem Zeitpunkt wussten wir allerdings noch nicht, dass du in den Fall verwickelt bist. Und *deine* Prints haben wir im System, da du vorbestraft bist. Es ist also nur eine Frage der Zeit, bis wir herausfinden, dass du dort warst.«

Die Kommissarin startete mit ihren Worten einen Versuchsballon. Und damit schien sie Erfolg zu haben, wie nun Fees Reaktion bewies: »Also gut, ich habe dort verweilt. Deshalb muss ich Paul aber nicht gemeuchelt haben, auch wenn in deiner Vorstellung eine finstere Mörderin so aussehen muss wie ich.«

»Meinetwegen kannst du dir so viele Knochen durch die Nase stecken, wie du willst«, machte Mona eindringlich deutlich, »aber du musst kapieren, dass wir dir nur helfen wollen. Wenn du den Mord nicht begangen hast, musst du uns alles sagen, was du weißt. Und zwar am besten so, dass wir dich verstehen.«

Die Verdächtige warf der Kommissarin einen glasigen Blick zu. Einen Moment lang schien es, als ob sie jetzt die Aussage verweigern würde. Doch dann murmelte sie: »Wie soll ich beweisen, dass ich es nicht gewesen bin?«

Mona konnte es kaum glauben – einen so klaren Satz bekam sie von Fee selten zu hören.

»Am besten erzählst du uns von Anfang an, wie du Paul Blome kennengelernt hast. Und die Märchenstunde lässt du diesmal besser weg«, gab die Ermittlerin zurück. Die Verdächtige lächelte verlegen – wie ein Kind, das bei einem Streich erwischt wurde. Dann öffnete sie wieder den Mund: »Du kennst mich, Mona. Ich bin kein braves Mädchen, war ich noch nie. Und ich brauche immer mal wieder Geld. Das war auch voriges Jahr schon so, bevor ich wegen dir im Knast landete.«

»Die Strafe hattest du verdient, es gab einen fairen Prozess«, erinnerte die Kommissarin.

»Egal, es geht ja jetzt sowieso um Paul Blome. Er rief mich im März oder April des letzten Jahres an und behauptete, meine Nummer von einem gemeinsamen Bekannten bekommen zu haben. Das kann schon sein, ich kenne viele Leute. Er schlug ein Treffen vor, in Groningen. Zu der Zeit hab ich sowieso dort gewohnt, bei Pieter. Also sagte ich zu. Meinen Freund nahm ich mit – es hätte ja sein können, dass Blome mir an die Wäsche wollte.«

»Es ist nie verkehrt, sich abzusichern«, meinte Mona und versuchte, sich ihre Aufregung nicht anmerken zu lassen. Sie spürte nämlich, dass Fee jetzt auspacken wollte. Sie versteckte sich nicht mehr hinter unverständlicher Sprache, das war ein gutes Zeichen. *Hoffentlich bleibt sie bei der Stange,* dachte die Kommissarin. Fee fuhr fort: »Wir trafen uns im *De Klikspaan*, das ist dort ein beliebtes Café. Blome kriegte gleich die Krise, als er mich sah. Das bin ich gewohnt, viele kommen mit meinem Aussehen nicht klar. Aber er wollte ja was von *mir*, richtig? Blome setzte sich zu uns. Er schien auch nicht begeistert von Pieters Anwesenheit zu sein. Aber ich machte ihm klar, dass es mich nur im Doppelpack gab. Schließlich ließ er die Katze aus dem Sack: Er fragte mich, wie gut ich die Gewässer um Borkum kennen würde. Ich wusste, dass er etwas Illegales plante. In meinen Kreisen steht man mit dem Gesetz auf Kriegsfuß, das kannst du dir denken, Mona. Ich machte klar, wie sehr ich die See schätze. Ich möchte nicht, dass dieser Lebensraum zerstört oder beeinträchtigt wird.«

»Du bist immerhin eine Nachfahrin des großen Adrian Tietjen«, stellte Enno ohne jede Ironie fest. Er war selbst ein Insulaner und wusste, dass der Name des Walfang-Kommandeurs auch Fee vermutlich noch etwas bedeutete. Ihre Augen leuchteten zumindest, als der Oberkommissar ihren Ahnen erwähnte: »Ja, Enno. Und ich war sogar Rettungsschwimmerin, bevor mein Leben eine andere Wendung nahm.«

Du hättest auf diesem Weg bleiben sollen, dachte Mona. Aber für eine Umkehr war es nie zu spät. Vielleicht tat die Verdächtige gerade in diesem Moment endlich das Richtige. Es würde sich zeigen, inwieweit sie die Ermittlungen voranbringen konnte.

»Sagte Blome denn, wozu er deine Dienste benötigte?«, wollte die Kommissarin wissen.

»Es ging darum, nachts Pakete so ins Wasser zu werfen, dass sie in Borkum an den Strand gespült wurden.«

»Wir reden jetzt aber über den Sommer des vorigen Jahres?«

»Ja, Enno. Ich hab es damals schon mal gemacht«, lautete die Antwort.

»Und was sagte dein Freund Pieter zu dem Plan?«

Als Mona den Namen fallenließ, verstummte Fee. Dabei hatte sie kurz zuvor freiwillig ausgesagt, dass Pieter de Groot bei dem Treffen dabei gewesen war. Die Ermittlerin hakte nach: »Du musst nicht versuchen, ihn zu schützen, Fee. Pieter ist für sich selbst verantwortlich. Sowohl die Küstenwache als auch die *Marechaussee* suchen momentan nach der *Eloise*. Es ist nur eine Frage der Zeit, bis die Yacht gestoppt und aufgebracht wird.«

Fee presste die Lippen aufeinander, dann sagte sie seufzend: »Also wisst ihr schon, dass ich an Bord der *Eloise* war. – Ja, Pieter mischte sich in unser Gespräch und bot an, sein Boot für die Operation zur Verfügung zu stellen. Natürlich wollte er ein entsprechendes Honorar haben.«

»Warst du gar nicht misstrauisch?«, rätselte der Oberkommissar. »Blome hätte doch genauso gut ein *Undercover*-Polizist sein können, der euch in die Falle locken wollte.«

»Daran hat Pieter sofort gedacht, Enno. Er brachte Blome dazu, mit ihm zusammen auf die Toilette zu gehen und sich ein Näschen Koks zu gönnen. Das hätte ein Bulle nicht tun dürfen, oder?«

»Abgesehen von diesem blöden Wort Bulle hast du natürlich recht«, sagte Mona. »Wie ging es dann weiter?«

»Ich weiß nicht, woher Blome die Ware hatte. Fest stand nur, dass er sie beschaffen konnte. Es ging alles glatt, Pieter und ich bekamen unseren Anteil – sowohl voriges Jahr als auch diesmal«, berichtete Fee freimütig. Aber die Kommissarin hielt diese Darstellung für zu idyllisch: »Bist du sicher, dass du nicht etwas vergessen hast? Wenn es keine Probleme gab – wozu dann das Treffen mit Pieter im Yachthafen? Es war ein unnötiges Risiko, dass dein Freund sich auf Borkum sehen lässt, oder?«

Darauf sagte Fee nichts. Ihr Gesichtsausdruck entsprach jetzt dem einer Frau, die man soeben bei einer Lüge ertappt hat. Mona wollte schon nachfassen, aber dann ging die Verdächtige doch auf die Frage ein: »Blome bestand darauf, persönlich mit Pieter zu sprechen. Er hatte angeblich keine Zeit, um in die Niederlande zu fahren. Und mein Freund steuerte seine Yacht ohnehin gerade durch die Inselwelt, also sprach nichts dagegen. Und Blome fand wohl nichts dabei, mit mir in der Öffentlichkeit gesehen zu werden. – Vielleicht wünschte er es sich sogar.«

Mona konnte es immer noch nicht glauben, wie viele normal klingende Worte Fee momentan von sich gab. Es war, als ob sie eine Maske abgestreift hätte. Aber der Kommissarin war vor allem der letzte Satz aufgefallen: »Wie meinst du das? Warum hätte Blome das gefallen?«

»Ach, ist doch jetzt sowieso egal«, wich die junge Frau aus. *Ich will es trotzdem erfahren,* dachte die Kriminalistin, schob diese Überlegung aber in den Hintergrund. Jetzt war etwas anderes wichtig: »Konnten sich Pieter und Blome bei dem Treffen einig werden?«

»Ja, Mona.«

»Weißt du, was ich nicht begreife? Du und Pieter seid doch ausgekochte Ganoven, wenn ich das richtig sehe. Warum habt ihr einen Fremden wie Blome nicht einfach abgezogen? Was hätte er denn tun können, wenn ihr mit seinem Kokain verschwunden wärt? Er konnte gewiss nicht die Polizei rufen.«

Fees Miene verdüsterte sich. Und da kapierte die Kommissarin endlich, worum es ging.

»Blome hat deine Großmutter bedroht«, riet sie. Die Augen der Verdächtigen wurden feucht, sie nickte: »Ja, genau. Vor dem Treffen zeigte Blome mir ein Foto, das er heimlich von Omi gemacht hatte. Er sagte zu mir: ›Wenn ihr mich hintergeht oder mit dem Stoff abhaut, macht mein Neffe deine Oma kalt!‹ Ich mag ausgeflippt wirken, aber ich liebe Hanna. Ich könnte mir nie verzeihen, wenn ihr wegen mir etwas zustoßen würde.«

Fee wirkte auf Mona in diesem Moment glaubwürdig – einerseits. Andererseits: Sie konnte sich den schlappen und schludrigen Julian Drescher unmöglich als irren Killer vorstellen, der eiskalt alte Damen ins Jenseits befördert. Aber um dies einschätzen zu können, musste man den jungen Mann erst einmal live erleben.

»Hast du dich deshalb ins Ferienhaus geschlichen, Fee? Weil du dir Julian genauer anschauen wolltest?«

»Du hast es erraten, Mona. Im ersten Moment war ich geschockt und hätte alles getan, damit Oma nicht zu Schaden kommt. Aber dann wollte ich prüfen, ob Blome nur geblufft hat. Es hätte ja sein können, dass er nur mit seiner Frau oder sogar allein angereist wäre! Ich war offiziell nie in dem Ferienhaus gewesen. Ich wollte einfach checken, mit wem er dort wohnt – und ob sein Neffe wirklich so ein gefährlicher Psycho sein könnte.«

»Wann bist du denn in dem Haus gewesen?«, wollte Enno nun wissen, der sich bisher zurückgehalten hatte. Wenn er merkte, dass Mona zu einer Verdächtigen einen besseren Draht hatte als der Oberkommissar, dann hielt er sich zurück. Und das war bei diesem Verhör mit Fee Tietjen eindeutig der Fall. Je länger es andauerte, desto vertrauter kam der Kriminalistin diese Frau mit dem Knochen in der Nase vor. Es war, als ob Mona in eine Art negativen Spiegel sehen würde. Fee schien einige Charaktereigenschaften mit ihr selbst zu teilen: Gefühlsbetontheit und Eigensinn, sowie starke Bindung an den Partner: Pieter oder – in ihrem Fall – Jan. Aber irgendwann hatte sich Mona dafür entschieden, dem Gesetz zu dienen, während Fee die Regeln stets brach, wenn es ihrem Vorteil diente. Und an diesem Punkt war es mit den Gemeinsamkeiten der beiden vorbei.

»Das war in der Nacht vom 5. auf den 6. September«, lautete die Antwort auf Ennos Frage. *Also die Nacht* vor *dem Drogenschmuggel,* dachte die Ermittlerin.

»Hattest du keine Angst, dass Blome dich erwischen würde?«

»Doch, natürlich, Mona! Aber ich wollte einfach wissen, woran ich bei ihm bin. Außerdem bin ich gut in so etwas, ich konnte jedenfalls lautlos in das Ferienhaus eindringen. Es war schon dunkel. Und ich merkte, dass Blome nicht gelogen hatte – zumindest war er nicht allein im Haus. Kaum war ich drin, schon bekam ich einen lautstarken Streit mit.«

Jetzt wird es richtig interessant, dachte die Kommissarin. Sie forderte Fee mit einer Handbewegung zum Weitersprechen auf. Die Verdächtige berichtete: »Die Frau – es wird wohl seine Ehe-Olle gewesen sein – meinte, dass Sie keine Lust hätte, einen Versager wie ihn durchzufüttern. Blomes Stimme kannte ich ja, er schrie zurück: ›Wenn ich ein *Loser* sein soll – wie würdest du denn meinen Neffen nennen? Glaubst du, ich weiß nicht, was ihr hinter meinem Rücken treibt?‹«

Dass Julian Drescher es im Leben noch nicht weit gebracht hatte, war auch der Kriminalistin nicht entgangen. Sie verurteilte einen Menschen deswegen nicht, man konnte auch ohne Geld und Ehrgeiz glücklich sein. Für sie war die Frage interessant, ob das Verhältnis zwischen Sylvia Blome und Drescher etwas mit dem Mord zu tun hatte. Und – ob es überhaupt existierte. Denn dafür gab es noch keinen Beweis, außer einigen ziemlich intensiven Zärtlichkeiten seitens des jungen Mannes, als seine Tante im Krankenhaus lag. Aber das war noch kein Beweis dafür, dass sie seine Gefühle aktiv erwiderte. Während Mona diese Gedanken durch den Kopf schwirrten, sprach Fee weiter: »Die Frau leugnete beharrlich. Daraufhin schlug Blome verbal zurück. Er sagte: ›Du solltest mich besser nicht reizen, Sylvia. Sonst bekommt die Apothekerkammer einen anonymen Anruf mit dem Tipp, deine Bestellungen mal etwas genauer unter die Lupe zu nehmen. Du bist nämlich gar nicht so moralisch, wie du immer tust.‹ Daraufhin knickte sie ein und entschuldigte sich wortreich dafür, dass sie ihren Paul einen Versager genannt hatte. Ich hätte lachen können, aber natürlich wollte ich mich nicht verraten. Ich gönnte Blome die Ehe mit dieser Schreckschraube. – Hat die eigentlich wirklich Dreck am Stecken?«

»Das werden wir schon herausfinden«, versicherte der Oberkommissar. Er fragte: »Wie ging es nach dem Ehestreit weiter?«

Die Verdächtige antwortete: »Ich wollte natürlich erfahren, wie dieser Julian Drescher so tickt. Den Namen seines Neffen hatte Blome mir immerhin verraten. Und im Internet sieht er ja wirklich gruselig aus. Aber ich wollte ihn in voller Lebensgröße sehen. Aus einem anderen Zimmer drang Musik, dort schien er zu hausen. Es war schon nach Mitternacht, aber nach ungefähr einer Stunde Warten wurde seine Tür geöffnet. Er ging offenbar ins Bad, jedenfalls war er kurze Zeit später wieder da. Ehrlich gesagt wirkte er harmlos auf mich, aber ich wollte es nicht darauf ankommen lassen. Ich hab im Internet ein paar Jugendfotos von Serienkillern gesehen, teilweise sind das richtige Milchbubis gewesen.«

»Das kann ich nur bestätigen«, sagte Mona. Als Polizistin hatte sie immer wieder feststellen müssen, dass den Menschen ihre kriminelle Energie nicht an der Nasenspitze anzusehen war. Sie hatte sich natürlich auch schon Dreschers Internetauftritte angesehen. In den sozialen Medien präsentierte er sich als *Bad Boy*, der mit nacktem Oberkörper und Baseballschläger posierte. Aber in Monas Augen war er eher ein *Bettboy*, der gern lange schlief und jeder Anstrengung aus dem Weg zu gehen versuchte – egal, ob es sich um Arbeit oder um Verbrechen handelte.

»Also habt ihr Blome *nicht* hinters Licht geführt, weil dir das Risiko zu groß war?«, vergewisserte die Kommissarin sich. Fee nickte: »Ja, Pieter hört auf mich, was das angeht. Unser Honorar für den Drogenschmuggel war ja auch ganz okay, ich traute Blome einfach nicht. Irgendwie muss er herausbekommen haben, wo ich wohne und dass Hanna meine Großmutter ist.«

Die Kriminalistin kam nun auf einen entscheidenden Punkt zu sprechen: »Du warst im Haus, das hast du selbst gesagt. Also hättest du die Möglichkeit gehabt, Gift für Blome zu platzieren. Wenn er nicht mehr da war, konnte er auch deine Oma nicht mehr bedrohen.«

»Woher hätte ich denn wissen sollen, was genau er zu sich nimmt? Auf der Milchtüte stand nicht drauf, wer das weiße Zeug trinkt – vielleicht hätte es nur seine Frau erwischt, das Risiko wollte ich nicht eingehen.«

»Du bist also am Kühlschrank gewesen?«, hakte Mona nach. Die Verdächtige nickte: »Ich war immerhin ein paar Stunden lang in dem Haus, ich hatte Durst. Die Milchpackung war noch fast voll. Es wird niemandem aufgefallen sein, dass ich ein paar Schluck davon getrunken habe.«

War ihre Aussage glaubhaft? Fee musste in der Zeit vom 5. auf den 6. September den Einbruch begangen haben, denn in der darauffolgenden Nacht war sie ja auf hoher See gewesen. Aber wie lang konnte es gedauert haben, bis das Gift seine Wirkung entfaltete? Es wurde Zeit für das Obduktionsergebnis und genauere Informationen über das Toxin, bis dahin musste dieser Punkt ungeklärt bleiben.

»Jan Lummer hat ausgesagt, dass du und Blome in seinem Schuppen gewesen seid. Wie ist es dazu gekommen?«, fragte Mona. Fee verzog den Mund und erwiderte: »Er wollte es nicht riskieren, das Kokain im Ferienhaus aufzubewahren. Also verlangte er von mir, einen sicheren Platz für den Übergang zu suchen. Es musste ein geschlossener Raum sein, den man zu jeder Tages- und Nachtzeit erreichen konnte. Ich bin mal vor Jahren in einen Regenguss geraten, als die *Nordsee Kajüte* schon geschlossen war. Da hab ich dieses lächerliche Vorhängeschloss geöffnet und den Rest der Nacht in dem Holzverschlag verbracht. Also dachte ich mir, dass sich die Bude dafür gut eignen würde. Es war leider Künstlerpech, dass dein Freund uns dort erwischt hat – sonst hättest du das Koks nie gefunden!«

Also wusste Fee, dass die Kommissarin und der Wirt ein Liebespaar waren. Mona fragte sich, wo Blome bei seinen früheren »Transaktionen« das Rauschgift versteckt hatte. Waren andere Verstecke vielleicht zu riskant geworden? Der Ermittlerin kam es jetzt aber auf einen ganz anderen Punkt an.

»Das mag schon sein«, gab Mona zurück, »aber mich interessiert vor allem, warum du dir die Pakete unter den Nagel gerissen hast. Dafür gibt es nur eine Erklärung: Du *wusstest*, dass Blome nicht mehr lebt und somit deine Großmutter nicht mehr bedrohen konnte. Aber wie hast du davon erfahren, wenn du doch angeblich an seiner Ermordung unschuldig bist? Als wir dich nämlich über seinen Tod informiert haben, hattest du die Drogen ja schon bei dir.«

Die Verdächtige lachte, als ob die Kommissarin gescherzt hätte: »Lebst du hinter dem Mond, Mona? In den sozialen Medien kursieren Fotos von Blome, wie er tot am Strand liegt. Man sieht auch dich, einen Notarzt und zwei Sanitäter in der Nähe. Da war mir klar, dass von diesem Mann keine Gefahr mehr ausgeht. Als ich die Bilder sah, habe ich mich gleich auf mein Rad gesetzt, um die Pakete im Versteck zu suchen.«

Die Kriminalistin nickte grimmig. Wahrscheinlich hatte irgendein Wichtigtuer aus sicherer Entfernung mit einem Teleobjektiv Aufnahmen von dem Toten gemacht. Sie hatte jedenfalls am Strand keine Fotografen in unmittelbarer Nähe der Leiche bemerkt. Plötzlich wurde ihr bewusst, dass ihr Kollege den Raum verlassen hatte und nun wieder zurückkehrte. Enno war offenbar schon zu lange ohne Tee geblieben – jedenfalls für ostfriesische Verhältnisse.

Er hielt nun ein Tablett in der Hand, worauf sich die Kanne und drei Tassen sowie das notwendige Zubehör befanden. Nachdem sich alle an der starken Assam-Mischung bedient hatten, sagte Fee: »Ich bedaure Blomes Tod nicht, er war ein unangenehmer Kerl. Ich fand es hinterhältig von ihm, meine Großmutter zu bedrohen. Manche Leute, die mit Drogen zu tun haben, muss man mit Vorsicht genießen. Aber Blome gab sich nach außen als Saubermann, das sind die Schlimmsten.«

»Ja, man sollte sich vom Äußeren nicht täuschen lassen«, meinte Mona und warf der Frau, die normalerweise einen Hühnerknochen in der Nase hatte, einen vielsagenden Blick zu. Dann fuhr sie fort: »Du kannst dich jetzt erst einmal ausruhen, später wirst du noch vom Landeskriminalamt befragt.«

»Mich deucht der Eindruck, dass mir eine gewisse Prominenz zugebilligt wird«, gab Fee zurück. Sie schien ihre verdrehte Sprache nun doch zu vermissen.

Kapitel 13

Bevor die Kommissare mit der Befragung von Tina Schiffer weitermachten, kehrten sie kurz in ihr Büro zurück. Mona öffnete sofort das Fenster, um die frische salzige Seeluft hereinzulassen. Im Verhörraum fand sie die Atmosphäre stets beklemmend, was allerdings auch gewollt war – zumindest die Verdächtigen sollten sich dort nicht allzu wohl fühlen. Der Arbeitsraum der Kommissare war nach vorn hin gelegen, mit Blick auf die Strandstraße. Dort konnte man die Menschen vorbeiflanieren sehen. Vom nahe gelegenen Georg-Schütte-Platz trug die Brise Melodien eines Straßenmusikers herüber, der dort mit seiner Gitarre und seiner Stimme das Publikum unterhielt.

»Was denkst du über die Aussage unserer Knochenkönigin, Enno?«

»Sie kam mir glaubhaft vor. Und aus Blomes Sicht war es nur konsequent, nach einem Druckmittel Ausschau zu halten«, meinte der Ostfriese und fuhr fort: »Es ist zweifellos widerlich, Fee mit einer Drohung wegen ihrer Oma in die Zange zu nehmen. Andererseits: Blome muss gewusst haben, dass Fee und Pieter keine Engelsgestalten sind. Ohne ein Druckmittel in seinen Händen wären die beiden wahrscheinlich mit dem Kokain auf Nimmerwiedersehen verschwunden. Zumindest musste er damit rechnen.«

»Das ist ja nun nicht geschehen«, stellte Mona fest, »und was hältst du von dem angeblich belauschten Ehekrach?«

»Ob Sylvia Blome in ihrer Apotheke wirklich Schmu gemacht hat, wird sich überprüfen lassen«, überlegte der Oberkommissar, »viel interessanter finde ich, dass sie ihn als Versager tituliert hat.«

»Wieso? Wäre dir ein anderes Schimpfwort lieber gewesen?«, scherzte seine Kollegin.

»Ich will auf etwas anderes hinaus«, erklärte er und fuhr fort: »Warum nennt sie ihren Mann einen Versager? Geht es um seine Qualitäten im Bett? Das wissen wir nicht. Aber angenommen, sie spielt eher auf berufliche Misserfolge an. Sie kennt ihn vielleicht als nur mäßig erfolgreichen Versicherungsmakler, der sogar noch von Figuren wie Jörn Gerlitz vor Gericht gezerrt wird. Abgesehen davon, dass Blome den Prozess gewonnen hat. Das hätte aber auch anders ausgehen können. Und wenn sie davon gesprochen hat, ihn *durchzufüttern* – das bedeutet für mich, dass er weniger Geld zum gemeinsamen Haushalt beisteuert als sie.«

Mona schnippte mit den Fingern: »Und da man mit Drogengeschäften bekanntlich einen Haufen Geld verdient, hat er ihr *diese* Einnahmequelle garantiert verschwiegen. Aber warum bleibt er in dieser offenbar unglücklichen Ehe, wenn er mit seinem Koks-Konto irgendwo unter Palmen die Puppen tanzen lassen könnte?«

Enno zuckte mit seinen breiten Schultern: »Aus demselben Grund, der viele Verbrecher scheitern lässt – sie wollen noch ein *letztes großes Ding* drehen, bevor sie sich für immer zur Ruhe setzen. Und dann ein weiteres, bis sie schließlich einen Fehler machen und die Handschellen klicken.«

»Ja, und wie ordnest du Dreschers Rolle ein?«, wollte sie von ihrem Kollegen wissen. »Wir halten ihn gewiss beide nicht für einen Killer. Aber ist er wirklich ein Komplize bei den Drogendeals oder hat Blome ihm die Rolle des gewalttätigen Vollstreckers nur angedichtet, um Fee einzuschüchtern?«

»Wenn Drescher für seinen Onkel tätig war, dann nur mit einfachen Aufgaben«, vermutete der Ostfriese, »für alles andere ist er nämlich zu doof.«

Die beiden brachen in ein befreiendes Lachen aus, aber dann sagte Mona: »Solange wir nicht wissen, wie lang die Wirkungsdauer des Toxins ist, sollten wir Fee als Mordverdächtige behandeln. Andererseits hat sie natürlich recht: Woher hätte sie wissen sollen, welche Speisen und Getränke er zu sich nahm? Selbst wenn er ihr sein typisches Frühstück verraten hätte – selbst ich weiche gelegentlich von meiner Essensroutine ab.«

»Ja, da müssen wir uns in Geduld üben und auf die Laborergebnisse warten«, erinnerte der Ostfriese. Nun wurde die Tür aufgerissen, und Grietje hatte ihren großen Auftritt.

»Tina Schiffer lässt euch ausrichten, dass sie auf einen Rechtsanwalt verzichtet und zu einer Aussage bereit ist«, verkündete die junge Polizistin.

»Gut, dann kannst du sie schon mal in den Verhörraum bringen«, erwiderte Mona.

»Momentan frühstückt die Verdächtige, ich habe ihr nämlich ein paar von meinen legendären Jagdwurststullen geschmiert«, erklärte Grietje und machte auf dem Absatz kehrt, »aber sobald sie aufgegessen hat, setze ich sie in Bewegung.«

»Wie es wohl zu Tina Schiffers Sinneswandel gekommen ist?«, dachte Enno laut nach. Sie erwiderte: »Ich hatte dir ja schon von dem unklaren Verhältnis der beiden zueinander berichtet. Tina ist Gerlitz' Sekretärin, aber gleichzeitig offenbar auch seine Geliebte – sozusagen der Klassiker. Er benutzt sie, um gegen Blome aktiv zu werden, auf welche Art auch immer. Das werden wir hoffentlich gleich von ihr erfahren. Übrigens hat er ihr strikt verboten, mit uns zu sprechen. Zunächst war sie auch gehorsam – gestern gab sie sich mir gegenüber sehr zugeknöpft. Aber eine lange Nacht in der Gewahrsamszelle ist ein gutes Mittel, um die eigenen Entscheidungen noch einmal zu überdenken.«

»Dann bin ich gespannt, was die Dame uns zu erzählen hat«, meinte der Oberkommissar lächelnd. Die beiden mussten sich noch ein wenig gedulden, bis Tina Schiffer in den Verhörraum gebracht wurde. Die Verdächtige wirkte übernächtigt, sie sah blass und mitgenommen aus. Auch Tina Schiffer wurde von Enno darauf hingewiesen, dass sie sich nicht selbst belasten musste und einen Anwalt hinzuziehen konnte.

»Darüber müssen Sie mich wahrscheinlich aufklären, Herr Moll«, gab sie zurück, »aber ich will ja gestehen. Ich habe mal gehört, dass sich dadurch ein milderes Urteil erreichen lässt.«

»Wir können dem Strafprozess natürlich nicht vorgreifen«, stellte Mona klar, »vorausgesetzt, dass die Staatsanwaltschaft überhaupt Anklage erhebt. Aber allgemein lässt sich sagen, dass Richter verstockte Angeklagte nicht besonders schätzen. Wer tätige Reue zeigt, hat meist bessere Karten.«

»Ich fühle mich furchtbar«, jammerte die Verdächtige, »ich mache mir große Vorwürfe, weil ich mich auf diese Sache überhaupt eingelassen habe!«

»Es ist nie zu spät, um das Ruder herumzureißen«, betonte Enno und fuhr fort: »Am besten erzählen Sie uns alles, was Ihnen im Zusammenhang mit dem Mord an Paul Blome einfällt.«

Tina Schiffer atmete tief durch, dann sagte sie: »Ich bin keine Krankengymnastin, das werden Sie sich schon gedacht haben. Ich habe mir diesen Beruf angedichtet, mir ist in dem Moment nichts anderes eingefallen. In Wirklichkeit arbeite ich als Sekretärin für Jörn Gerlitz.«

»Das ist der Mann, dessen Anfangsbuchstaben Sie sich auf den Oberkörper tätowieren ließen«, brachte Mona in Erinnerung. Enno warf ihr einen verblüfften Blick zu, denn sie hatte ihm davon noch nichts berichtet. Wieder einmal ärgerte die Kommissarin sich über ihre eigene flinke Zunge. Wenn Tina Schiffer jetzt den Eindruck gewann, dass sie zum Gespött gemacht werden sollte, dann würde sie vielleicht komplett dichtmachen und lieber auf einen Anwalt warten. Aber die Verdächtige warf ihr lediglich einen gereizten Blick zu: »Ich weiß selbst, dass ich mich wegen dieses Mannes zur Äffin gemacht habe, Frau Sander! Ist es das, was Sie von mir hören wollen?«

»So war das nicht gemeint«, versicherte Mona und hoffte, überzeugend zu klingen, »wir haben es hier öfter mit Frauen und Männern zu tun, die durch die Liebe bis zum Äußersten getrieben wurden.«

Tina Schiffer schien einen Moment lang über ihre Worte nachzudenken, dann erwiderte sie: »Zum Äußersten? Ja, das trifft es wohl. Ich muss zugeben, dass Jörn mich schwer beeindruckt hat. Er ist ein Macher-Typ – jemand, der sich nicht die Butter vom Brot nehmen lässt. Als dann dieser schwere Schaden durch einen Erdrutsch entstand, packte er höchstpersönlich mit an und arbeitete für drei – in der Hoffnung, dass die Versicherung zahlen würde.«

»Was für eine Firma hat Gerlitz eigentlich?«, warf Enno ein.

»Einen Installationsbetrieb. – Wie gesagt, wir alle bemühten uns, die Dinge wieder in Ordnung zu bringen. Jörn war ein Vorbild für seine Männer, aber es hat alles nichts genützt«, gab die Verdächtige eifrig zurück. Mona erkannte, wie uneindeutig Tinas Gefühle für ihren Chef und Liebhaber waren. Einerseits wollte sie sich vernünftigerweise von ihm abwenden, um nicht für seine finsteren Absichten den Kopf hinhalten zu müssen. Andererseits schien sie ihn immer noch zu lieben. Die Kommissare mussten darauf achten, dass letzteres Gefühl nicht überhandnahm – denn in dem Fall sah Mona schwarz, was ein umfangreiches Geständnis anging.

»Nur, weil Gerlitz sich ungerecht behandelt fühlte, muss man nicht unfair mit ihm umgegangen sein«, stellte der Oberkommissar klar, »Es gab ein eindeutiges Gerichtsurteil, das Paul Blome entlastet hat. Gerlitz hätte Berufung dagegen einlegen können.«

Ennos ruhige, aber eindringliche Stimme schien Tina Schiffer zur Vernunft zu bringen. Sie nickte langsam und erwiderte: »Ja, so muss man die Dinge wohl sehen. Jörn hatte sich jedenfalls völlig verrannt, das ist mir nun bewusst geworden. Er war der Meinung, dass der Richter gekauft worden wäre, deshalb hat er bei der Urteilsverkündung randaliert. Und wenig später beschloss er, das Recht in die eigene Hand zu nehmen.«

»Was soll das bedeuten?«, fragte Mona, obwohl sie es sich denken konnte. Aber sie wollte der Verdächtigen keine Worte in den Mund legen.

»Jörn war der Meinung, dass er vor Gericht keine Chance gegen Blome hätte«, lautete die Antwort, »also versuchte er es auf eigene Faust. Aber dieser Versicherungsmakler war gewarnt – wegen des Skandals vor Gericht wusste er ja, dass Jörn auf Rache aus war und ihm ans Leder wollte. Wenn Blome etwas zugestoßen wäre, hätte die Polizei sofort meinen Freund – Ex-Freund – als Täter vermutet. Wir mussten es also cleverer anstellen und zunächst nur beobachten. Wir begannen damit, alle Informationen über Blome und seine Familie zu sammeln. Er selbst hielt sich im Internet sehr zurück, und seine Frau hat nur eine offizielle Homepage ihrer Apotheke. Zum Glück ist sein Neffe höchst freigiebig mit belanglosem Gefasel, das er in den sozialen Medien verbreitet. So bekamen wir rechtzeitig Wind von dem geplanten Borkum-Trip und konnten uns selbst hier Unterkünfte organisieren – natürlich verschiedene, denn Blome durfte nicht erkennen, dass Jörn und ich zusammen waren.«

»Wie sah der Plan denn aus?«, wollte Enno wissen.

»Ich sollte mich an Blome heranmachen – er kannte mich ja nicht, hatte mich nie zu Gesicht bekommen«, erwiderte Tina Schiffer freimütig. »Nachdem ich sein Vertrauen gewonnen hätte, würde ich ihn zu einem Spaziergang in eine einsame Dünenlandschaft überreden. – Aber es war wie verhext, ich kam nicht an ihn heran.«

»Warum nicht?«, hakte die Kommissarin nach.

»Ich wollte ihn einmal abpassen, als er zum Strandsegeln ging. Aber es waren zu viele Zeugen in der Nähe«, sagte Tina Schiffer. »Jörn hatte mir eingeschärft, dass mich niemand mit Blome sehen durfte.«

»Das dürfte auf einer Urlaubsinsel zur Hauptsaison nicht gerade einfach sein«, gab der Ostfriese zu bedenken, »und Blome war vermutlich nicht immer allein unterwegs.«

Die Verdächtige erwiderte: »Ja, leider. Einmal hatte er so eine ausgeflippte Frau in schwarzen Klamotten bei sich – ich dachte schon, er hätte bereits eine Geliebte. Ob zwischen den beiden etwas gelaufen ist, kann ich nicht sagen. Fest steht, dass sich einfach keine Gelegenheit ergab, mich an ihn heranzumachen.«

Die Kommissarin schaute sie prüfend an, dann schüttelte sie den Kopf: »Das ist nicht ganz richtig. – Wissen Sie, was ich denke? Sie liebten Jörn Gerlitz, vielleicht bedeutet er Ihnen immer noch etwas. Deshalb erklärten Sie sich bereit, den Lockvogel zu spielen. Aber tief in Ihrem Inneren scheuten Sie davor zurück, sich einem fremden Mann an den Hals zu werfen – übrigens mit völlig unbekanntem Ausgang. Was hätten Sie denn getan, wenn Blome die Situation in der Abgeschiedenheit eines Dünentals ausgenutzt hätte?«

Auf diese Frage schien Tina Schiffer keine plausible Antwort zu haben. Das Vorhaben dieses seltsamen Duos kam Mona höchst riskant und verantwortungslos vor. Gewiss, die Sekretärin war zumindest zeitweise vor Liebe blind gewesen. Aber wie stand es um ihren Chef? Gerlitz konnte nicht allzu viel für sie empfinden, wenn er sie einem so unkalkulierbaren Risiko aussetzte. Oder waren seine Rachegelüste so groß, dass er ihnen alles andere unterordnete? Da die Verdächtige momentan nichts mehr sagte, fuhr die Kommissarin fort: »Lassen Sie uns darüber sprechen, dass Sie gestern die Polizei verständigten. Wie kam es dazu?«

»Das ist schnell erzählt, Frau Sander. Ich beobachtete Blome wieder, als er am Strand sich einen dieser Segelwagen schnappte und startete. Ich hoffte, ihn später allein antreffen zu können. Also rannte ich am Dünenrand entlang – allerdings mit gebührendem Abstand, um nicht bemerkt zu werden. Irgendwann sah ich, dass etwas nicht in Ordnung war. Ich hatte ein Fernglas dabei. Da bemerkte ich, wie Blome im Sand lag, es ging ihm offensichtlich schlecht. Sie waren auch dort, halfen ihm. Wenig später erschien dann ein Rettungswagen, aber es war zu spät. Auf die Entfernung konnte ich nicht sehen, ob sich ein Unfall oder ein Verbrechen ereignet hatte. Also rief ich Jörn an, berichtete von dem Ereignis und fragte, was ich tun solle. Er sagte: ›Sehr gut, der Dreckskerl ist hinüber. Du rufst jetzt bei der Polizei an, gibst dich als seine Geliebte aus und beschuldigst die Ehefrau, ihn umgebracht zu haben.‹ Das habe ich ja dann getan, wie Sie wissen.«

»Ja, allerdings«, murmelte die Ermittlerin. Sie verstand nicht, warum Gerlitz so reagiert hatte. Reichte es ihm nicht, dass Blome aus dem Leben geschieden war? Aus welchem Grund wollte er nun auch noch die Schuld auf die Ehefrau abwälzen? *Diese Frage werde ich ihm garantiert stellen,* dachte die Kommissarin grimmig.

»Was wäre denn geschehen, wenn Sie Blome wirklich in eine Falle hätten locken können?«, fragte Enno direkt.

»Jörn hätte in den Dünen auf uns gewartet«, flüsterte Tina Schiffer. »Und er hat eine Pistole.«

Kapitel 14

Der letzte Satz ließ bei den Kommissaren die Alarmsirenen schrillen. Mona schaute auf die Uhr. Es war Viertel vor zehn. Wenn Gerlitz seiner Vorladung nachkam, würde er in Kürze auf der Polizeistation erscheinen.

»Das wäre für den Moment alles, Frau Schiffer. Sie werden jetzt wieder in Ihre Zelle gebracht, über alles Weitere informiere ich Sie später.«

Mona gab diese Sätze so ruhig wie möglich von sich. Die Verdächtige nickte nur. Ihr umfangreiches Geständnis schien sie erschöpft zu haben, vermutlich konnte sie eine Pause gut gebrauchen. Die Ermittlerin brachte Tina Schiffer höchstpersönlich in ihre Zelle zurück. Dann begab die Kommissarin sich ins Wachlokal und wandte sich an Grietje: »Gleich wird ein gewisser Jörn Gerlitz hier erscheinen, er hat eine Vorladung. Du bringst ihn bitte zu uns. Danach gehst du zum *Hotel König von Belgien* und verlangst, sein Zimmer betreten zu dürfen. Es herrscht Gefahr im Verzug, wahrscheinlich hat er dort eine Schusswaffe versteckt. Die schnappst du dir und bringst sie hierher.«

»Das ist eine meiner leichtesten Übungen«, erwiderte die Polizistin lässig. Trotz ihrer lockeren Art nahm Grietje ihren Beruf sehr ernst. Mona konnte sich auf sie verlassen, daher sah sie über die manchmal etwas gewöhnungsbedürftigen Sprüche der jungen Kollegin meist hinweg. Nachdem sie Grietje instruiert hatte, kehrte sie zu Enno zurück und brachte ihn auf den neuesten Stand.

»Es wäre auch möglich, dass Gerlitz die Pistole in der Tasche hat, wenn er hier aufkreuzt«, gab der Oberkommissar zu bedenken.

»Ja, aber warum sollte er das tun? Das Objekt seiner Rache lebt nicht mehr.«

»Und was ist mit dir, Mona? So, wie du mir die Situation geschildert hast, war Gerlitz gestern höchst aufgebracht, nachdem sein Flirt mit dir sich als ein Schuss in den Ofen erwies. Wir haben es offenbar mit einem Menschen zu tun, der sich gern im Recht fühlt und dabei keine Rücksicht auf andere nimmt.«

Mit dieser Einschätzung lag Enno zweifellos richtig, wie die Kommissarin zugeben musste. Gerlitz hatte seine Geliebte unkalkulierbaren Gefahren ausgesetzt, indem sie Blome verführen sollte. War es unter diesen Umständen so abwegig, dass er es Mona nach der Begegnung am Vortag ebenfalls heimzahlen wollte? Sie musste sich eingestehen, diese Gefahr auf die leichte Schulter genommen zu haben. Wenig später platzte die junge sommersprossige Kollegin herein.

»Hier ist Besuch für euch!«, verkündete Grietje und trat beiseite, um Gerlitz in den Verhörraum zu lassen. Ihr war nicht anzumerken, dass Mona sie vor ihm gewarnt hatte. Der stämmige Mann trug an diesem Vormittag einen Blazer über einem locker sitzenden Sommerhemd, außerdem war er mit Jeans und Sneakers bekleidet. Ob die Textilien die Pistole in seinem Gürtel kaschieren sollten? Mona musterte ihn unauffällig. Enno stand auf, stellte sich vor und sagte: »Ich muss Sie nach Waffen oder gefährlichen Gegenständen durchsuchen. Haben Sie etwas bei sich, an dem ich mich verletzen könnte?«

»Nein, selbstverständlich nicht! Und warum wollen Sie mich abtasten? Man wird ja behandelt wie ein Schwerverbrecher!«

Während Gerlitz diese Worte hervorstieß, nahm seine Gesichtshaut bereits eine leichte Rötung an.

»Es geht ganz schnell«, versicherte Enno, der sich nun von seinem Stuhl erhoben hatte und den untersetzten Verdächtigen beeindruckend überragte. Vielleicht trug dies dazu bei, dass Gerlitz nicht weiter protestierte, sondern die Durchsuchung mit mürrischem Gesichtsausdruck über sich ergehen ließ. Mona war erleichtert, weil ihr Kollege keine Waffe gefunden hatte. Nun konnte sie der Befragung weitaus gelassener entgegenblicken. Gerlitz nahm nun auf dem Stuhl Platz, auf dem vor Kurzem noch seine Sekretärin und Geliebte gesessen hatte.

»Ist der Rechtsanwalt, den ich engagiert habe, eigentlich schon eingetroffen?«, wollte er wissen.

»Nein«, antwortete die Kommissarin wahrheitsgemäß. Gerlitz zuckte mit den Schultern: »Dann gibt es momentan nichts zu sagen. Der Strafverteidiger soll nicht nur Frau Schiffer, sondern auch mich vertreten. Und ich werde mich nicht äußern, bevor ich mit ihm gesprochen habe.«

»Das ist Ihr gutes Recht«, betonte Mona, »allerdings muss ich Sie darüber informieren, dass Frau Schiffer sich zu einer freiwilligen Aussage bereit erklärt hat und dabei ausdrücklich auf eine juristische Beratung verzichtete.«

Gerlitz riss die Augen weit auf und rang nach Luft.

»Wie bitte?! Diesen Floh haben Sie ihr garantiert ins Ohr gesetzt, Sie ...«

Enno fiel ihm ins Wort: »Falls Sie vorhaben, meine Kollegin zu beleidigen – auch das ist ein Straftatbestand. Sie sollten sich überlegen, was Sie als Nächstes sagen. Natürlich können Sie weiterhin schweigen, bis der Anwalt hier ist.«

Der Verdächtige verschränkte die Arme vor der Brust.

»Was soll das jetzt noch bringen?«, murrte er. »Nee, ich werde Ihnen die Wahrheit erzählen. Dafür brauche ich keinen Juristen. Ich weiß nämlich, was sich ereignet hat. Diese dumme Nuss Tina hat garantiert wieder alles in den falschen Hals bekommen.«

Mona wunderte sich nicht über die abfällige Art, mit der er über seine Geliebte sprach. Für die Kommissarin war dies nur ein nachträglicher Beweis dafür, dass Tina Schiffer mit ihrem offenherzigen Geständnis alles richtig gemacht hatte. Momentan zweifelte die Kommissarin jedenfalls nicht am Wahrheitsgehalt ihrer Aussagen.

»Wir sind jetzt ganz Ohr«, versicherte sie lächelnd. »Vor allem möchten wir wissen, warum Sie ausgerechnet am selben Ort wie Paul Blome Urlaub machen.«

Gerlitz schaute sie empört an. Ob er immer noch nicht darüber hinweggekommen war, dass sie ihn am Vorabend an der Nase herumgeführt hatte? Männer wie er konnten sehr nachtragend sein, daran hatte sie keinen Zweifel.

»Ist das vielleicht verboten?«, gab der Verdächtige patzig zurück. »Ich habe gehört, dass Borkum eine sehr schöne Insel sein soll. Wer kann denn auch ahnen, dass man als Bürger und Steuerzahler hier von der Polizei so schikaniert wird?«

»Warum sind Sie denn so unfreundlich?«, spottete Mona. »Gestern sind Sie mir gegenüber noch ganz anders aufgetreten. Sie waren ein richtiger Kavalier – zumindest, bis Frau Schiffer aufgetaucht ist.«

Da hatte ich allerdings auch Hotpants an, fügte sie in Gedanken hinzu. An diesem Tag trug die Kommissarin wieder ihre übliche Alltagskleidung: lange Jeans, weiße Sportschuhe, weit geschnittene farbige Bluse mit kurzen Ärmeln. Und sie saß Gerlitz nicht in einem Lokal bei einem Drink, sondern auf einer Polizeiwache in einem Verhörraum gegenüber.

»Da konnte ich ja nicht ahnen, dass Sie mich aufs Glatteis führen wollen!«, warf er ihr vor. Sie ließ sich nicht irritieren: »Wenn Sie und Ihre Mitarbeiterin – oder Freundin, wie auch immer – in unterschiedlichen Ferienquartieren unterkommen, dann wirft das schon Fragen auf. Insbesondere, weil Ihre Abneigung gegen das Mordopfer Paul Blome nun wirklich kein Geheimnis ist.«

Gerlitz lachte. Es klang wie das Bellen einer Hyäne: »Freundin? Glauben Sie wirklich, dass ich es nötig hätte, mich mit diesem Trampel abzugeben? Und seit wann ist es verboten, unterschiedliche Urlaubsunterkünfte zu buchen? Vielleicht wollte ich ja nur, dass sie mir nicht zu sehr auf die Pelle rückt!«

Mona unterdrückte ihre Wut auf den selbstgefälligen Kerl. Sie fragte: »Also existierte kein gemeinsamer Plan von Ihnen und Tina Schiffer, Blome in eine Falle zu locken?«

»Nein, ganz gewiss nicht«, behauptete er dreist. Die Kommissarin überlegte. Momentan ließen sich weder Gerlitz noch Tina Schiffer mit dem Giftmord in Verbindung bringen. Sie glaubte nicht wirklich, dass die beiden dafür verantwortlich waren. Es hätte zu Gerlitz‘ Charakter gepasst, Blome irgendwo in den Dünen wutschnaubend zu erschießen und die Leiche zu verscharren. Aber ein Toxin einzusetzen? Diese Mordmethode passte nicht in ihr Bild, das sie von diesem Mann hatte. Mona sagte: »Laut Frau Schiffer haben Sie ihr die Anweisung gegeben, Sylvia Blome des Mordes zu bezichtigen. Warum sollte sie das tun?«

»Warum, fragen Sie? Weil Tina lügt, wenn sie den Mund aufmacht! Das habe ich nie gesagt«, grollte Gerlitz und fuhr dann fort: »Sie ist frustriert und will mich mit in den Abgrund reißen. Diese Frau ist hinter mir her, seit ich sie eingestellt habe. Aber ich zeige ihr die kalte Schulter, und das kann sie nicht ertragen. Also macht sie mich schlecht, wo immer es möglich ist. Sie hat noch nicht einmal Hemmungen, mich bei der Polizei anzuschwärzen!«

»Und das, obwohl Sie ein so liebenswerter Charakter sind!«, höhnte die Kommissarin und fügte hinzu: »Warum hätte Frau Blome ihren Ehemann überhaupt töten sollen? Können Sie mir dafür einen überzeugenden Grund nennen?«

Die Kommissarin vermutete, dass Gerlitz die Ehefrau als Sündenbock benutzen wollte und daher seine Sekretärin zu der falschen Beschuldigung gedrängt hatte. Zumindest war das ein Motiv, das Monas Meinung nach zu seinem Charakter passte.

»Selbstverständlich kann ich das!«, behauptete Gerlitz. »Haben Sie dieses Ehepaar etwa noch nicht genauer durchleuchtet, Frau Sander?

Muss ich Ihre Arbeit machen? Sylvia Blome hat ein Verhältnis mit diesem Bengel, Julian oder wie der heißt. Er wohnt sogar mit im Ferienhaus. Was für einen Beweis brauchen Sie denn noch? Die Ehefrau vergiftet ihren Kerl, weil sie mehr auf junges Gemüse steht.«

»Woher wollen Sie erfahren haben, was dort vor sich gegangen ist?«, feuerte Mona zurück. Und sie fuhr fort: »Angeblich sind Sie zur Erholung auf unsere schöne Insel gefahren, wenn Sie nicht gerade von der bösen Polizei geärgert werden. Und trotzdem finden Sie offenbar genug Zeit, um das Ferienhaus Ihres Erzfeindes zu beobachten. – Ich habe allmählich die Nase voll von Ihren Lügen!«

Gerlitz‘ Mund blieb offen stehen. Er war es zweifellos nicht gewöhnt, dass jemand so mit ihm redete – und eine Frau schon gar nicht. Er ballte die Fäuste. Ob er wirklich so dumm sein würde, sie zu attackieren? Doch bevor dies geschehen konnte, wurde die Tür des Verhörraums aufgerissen. Grietje stolzierte herein und legte eine Pistole auf den Tisch. Diese hatte sie zuvor in einen Beweismittelbeutel verpackt.

»Die Bleispritze befand sich im Kleiderschrank«, verkündete sie lässig, »ich hab mir erlaubt, das Magazin zu entfernen. Übrigens hat jemand die Seriennummer herausgefeilt, solche Waffen sind bei Staatsanwälten besonders beliebt – wenn es darum geht, eine Anklageschrift zu verfassen.«

Gerlitz starrte die Polizistin an, als ob er einen Geist sehen würde: »Das … das dürfen Sie nicht! Sie können nicht einfach in mein Hotelzimmer einbrechen und meine Sachen durchwühlen!«

Und schon hat er indirekt zugegeben, dass die Pistole ihm gehört, dachte Mona, wobei sie ein Grinsen unterdrückte.

»Normalerweise nicht, aber dies ist eine Morduntersuchung – und es herrschte Gefahr im Verzug«, stellte Enno nachdrücklich fest. Dann sagte er: »Sie stehen unter dringendem Verdacht des illegalen Waffenbesitzes und der Verabredung zu einem Mordkomplott. Sie müssen sich nicht selbst belasten und können zu dem Tatvorwurf schweigen.«

»Ansonsten legen wir momentan keinen Wert mehr auf Ihre Anwesenheit«, ergänzte Mona. »Sie können in Ihr Hotel zurückkehren und sich mit Ihrem Rechtsanwalt beraten. Sie bekommen ohnehin Post von der Staatsanwaltschaft.«

»Ja, ich gehe«, gab Gerlitz mit heiserer Stimme zurück. »Diese unglaubliche Farce wird für Sie ein Nachspiel haben!«

Er stürmte hocherhobenen Hauptes hinaus.

»Hunde, die bellen, beißen nicht«, meinte Mona. »Ich bin auf jeden Fall froh, dass du die Pistole beschlagnahmt hast. Gute Arbeit, Grietje.«

»Immer wieder gern«, erwiderte die Polizistin und verließ den Raum. Mona hatte während Tina Schiffers Aussage einen Audio-Mitschnitt gemacht und tippte nun das Protokoll in ihren Computer. Dann legte sie der Frau ihr Geständnis vor, das von Tina Schiffer unterschrieben wurde.

»Wir setzen Sie jetzt auf freien Fuß«, erklärte die Kommissarin. »Sie haben einen festen Wohnsitz und sind nicht vorbestraft. Ob die Staatsanwaltschaft wegen Ihrer zunächst falschen Behauptungen Anklage erhebt, weiß ich noch nicht. Ich werde jedenfalls betonen, wie gut Sie unsere Ermittlungen unterstützt haben.«

»Ich werde die Insel verlassen – und mir einen neuen Job suchen, Jörn tut mir wirklich nicht gut«, bekräftigte die Sekretärin. Sie fügte hinzu: »Ich hoffe, dass Sie den Mörder bald finden werden.«

Dagegen hätte ich nichts einzuwenden, dachte Mona. Sie und Enno packten gerade ihre Unterlagen zusammen, als Oltbeck persönlich auf der Bildfläche erschien: »Ah, der Verhörraum wird offenbar soeben frei. Das trifft sich gut, dann können die Kollegen aus Hannover gleich die Verdächtige Fee Tietjen befragen. – Frau Sander und Herr Moll, ich möchte Ihnen Hauptkommissarin Langenfeld und Oberkommissar Kessler vom Landeskriminalamt vorstellen.«

Hinter dem Dienststellenleiter betraten nun eine Frau und ein Mann den Raum. Mona wurde es heiß und kalt gleichzeitig. Die beiden Kollegen aus der Landeshauptstadt trugen sportlich-legere Kleidung. Wahrscheinlich waren sie mit dem Inselflieger gekommen, aber dies stellte momentan Monas geringste Sorge dar. Sie gab den beiden die Hand, wobei sie sich nach Kräften bemühte, sich ihre Verwirrung nicht anmerken zu lassen. Mona hatte gehofft, Florian Kessler nie wiedersehen zu müssen.

Er war nämlich der einzige Mann, mit dem sie Jan Lummer jemals betrogen hatte.

*

»Hallo, Mona«, sagte Kessler mit einem freundlichen Lächeln. Ihm schien es keineswegs unangenehm zu sein, auf die rotblonde Kriminalistin zu treffen. Sie hatte die Hoffnung gehabt, dass er sich vielleicht nicht mehr an ihren *One-Night-Stand* bei einer Fortbildung in Hannover erinnern würde. Kessler war nämlich damals mindestens genauso betrunken gewesen wie sie. Aber sein Gedächtnis hatte unter dem Alkoholkonsum offenbar nicht gelitten.

»Ihr kennt euch?«, vergewisserte Enno sich. Er klang erstaunt.

»Ja, da gab es im vorigen Jahr in Hannover diesen höchst interessanten Lehrgang über neue Wege des Organisierten Verbrechens«, erklärte Kessler mit Unschuldsmiene. Er sah immer noch gut aus, wie Mona sich eingestehen musste – kantiges Kinn, klarer Blick, athletische Figur. Eine Wiederholung der damaligen Nacht kam für sie trotzdem nicht infrage. Sie hatte deswegen ohnehin schon oft genug ein schlechtes Gewissen gehabt.

»Sie können ja auch später noch in Erinnerungen schwelgen«, meinte Oltbeck. »Jetzt wollen Sie gewiss erst einmal das Verhör durchführen, Frau Langenfeld und Herr Kessler.«

»Ja, Herr Moll und ich haben auch noch alle Hände voll zu tun«, versicherte die Kommissarin und verließ fluchtartig den Raum. Am liebsten wäre sie sofort nach Hause gefahren und hätte sich die Bettdecke über den Kopf gezogen. Aber das ging natürlich nicht. Enno merkte sofort, wie aufgewühlt sie war.

»Magst du mir erzählen, was los ist?«, fragte er und schaute sie besorgt an. Die Kommissarin zögerte. Enno war ihr bester Freund. Aber gerade deshalb wollte sie ihm nicht ihr Herz ausschütten, jedenfalls jetzt nicht. Die Wahrheit lautete ganz einfach: Sie schämte sich, weil sie damals bei Kessler schwach geworden war. Sie wollte nicht, dass ihr Kollege ein schlechtes Bild von ihr bekam. Eine Lüge sollte er allerdings auch nicht aufgetischt bekommen. Also wich sie aus: »Damals in Hannover ist einiges schiefgelaufen, aber das ist jetzt nicht so wichtig. Lass uns lieber zu unserem Fall zurückkehren, einverstanden?«

»Ich habe nichts dagegen«, sagte der Oberkommissar. »Wir sind uns wohl einig, dass Tina Schiffer und Jörn Gerlitz für den Mord nicht mehr als Verdächtige infrage kommen. Es bleiben also Fee Tietjen und Pieter de Groot sowie Sylvia Blome und Julian Drescher übrig, wobei ich den jungen Mann ausklammern würde. Wenn überhaupt, dann war er als Handlanger seiner Tante an der Tat beteiligt. Allein halte ich ihn für unfähig, so ein Verbrechen einzufädeln. Außerdem ist er in Sylvia verknallt. Er hätte sie ganz gewiss nicht vergiftet.«

»Oder wenn doch, dann nur aus Tollpatschigkeit«, ergänzte Mona. Sie freute sich, weil Enno so schnell auf den Themawechsel eingegangen war. Vielleicht würde sie ihm irgendwann einmal ihren Fehltritt beichten, aber momentan fühlte sie sich dazu nicht in der Lage. Sie sprach weiter: »Bei dem deutsch-niederländischen Gaunerpärchen habe ich Zweifel an der Tatdurchführung. Zwar hätte das saubere Duo problemlos ein Toxin auf dem Schwarzmarkt besorgen können – und außerdem hat Fee selbst zugegeben, in dem Ferienhaus gewesen zu sein. Aber woher hätte sie wissen können, welche Speisen und Getränke Blome zu sich nehmen würde?«

Bevor Enno auf die im Raum stehende Frage antworten konnte, klingelte das Festnetztelefon in ihrem gemeinsamen Büro. Mona nahm das Gespräch entgegen: »Moin, hier spricht Kommissarin Sander.«

»Moin, Frau Sander. Dr. Schenker am Apparat. Es geht um die männliche Leiche, die Sie uns zur Obduktion übergeben ließen. Ich dachte mir, da es bei Mordfällen ja stets pressiert und außerdem gerade freie Kapazitäten vorhanden waren ...«

Nun komm mal auf den Punkt!, rief sie dem Gerichtsmediziner innerlich zu. An seiner fachlichen Kompetenz bestand kein Zweifel, aber leider neigte er zur Weitschweifigkeit. Trotzdem hütete sie sich davor, ihm ins Wort zu fallen. Sie war auf einen guten Draht zum gerichtsmedizinischen Institut Oldenburg angewiesen.

»Jedenfalls kann ich Ihnen telefonisch eine Zusammenfassung geben«, sagte der Spezialist endlich.

»Oh, das ist wundervoll von Ihnen!«, flötete Mona und hoffte, dass sie nicht zu dick aufgetragen hatte.

»Der Tod trat durch eine hohe Dosis von Ethylenglykol ein. Sagt Ihnen der Begriff etwas, Frau Sander?«

»Ich hatte schon mal einen Fall, wo dieses Gift verwendet wurde. Es kommt oft in Frostschutzmitteln vor, oder?«

»Das ist korrekt, Frau Sander. Zwischen dem Auftreten der ersten Symptome und dem Exitus müssen nur wenige Minuten verstrichen sein.«

»So ist es, Herr Dr. Schenker. Ich war persönlich anwesend und habe die vergeblichen ärztlichen Bemühungen Ihres Kollegen miterlebt. – Und wie viel Zeit kann Ihrer Meinung nach zwischen der Verabreichung des Toxins und dem Eintreten des Todes verstrichen sein?«

»Das ist schwer zu sagen, vielleicht eine Stunde oder anderthalb. Das hängt von verschiedenen Faktoren ab«, begann der Gerichtsmediziner und dozierte weiter: »Da wären der Allgemeinzustand erwähnenswert, außerdem das Maß an körperlicher Bewegung, die Menge des am Vorabend konsumierten Alkohols und so weiter.«

Damit sind Knochen-Fee und Pieter aus dem Rennen, dachte die Kommissarin. Die junge Frau war ja eine ganze Nacht vor dem Giftanschlag in dem Ferienhaus gewesen. Mona stellte eine Frage: »Hier wurde eine Frau ebenfalls mit Ethylenglykol vergiftet, sie hat aber überlebt. Ihr Mageninhalt wurde im kriminaltechnischen Labor untersucht.«

»Dazu kann ich leider nichts sagen, Frau Sander.«

»Es geht mir um eine allgemeine Frage, Herr Doktor: Wenn jemand dieses Toxin zu sich nimmt, um vorzutäuschen, von einer anderen Person vergiftet worden zu sein ...«

Es war der Gerichtsmediziner, der ihr nun ins Wort fiel: »Verzeihen Sie – aber ein solcher Täter muss entweder besonders verzweifelt oder höchst kompetent sein. Ethylenglykol ist eine der tödlichsten Substanzen überhaupt. Wer sich dieses Teufelszeug verabreicht und die Dosis falsch einschätzt, wird diesen Fehler kein zweites Mal begehen.«

»Oder beides.«

»Ich verstehe nicht, Frau Sander.«

»Sie sagten, der Mörder wäre entweder besonders verzweifelt oder höchst kompetent. Und ich erwiderte darauf: Oder beides. – Ich danke Ihnen jedenfalls sehr für den Anruf, Herr Dr. Schenker.«

Mona legte auf und berichtete ihrem Kollegen von dem Gespräch.

»Der Verdächtigenkreis wird zweifellos kleiner«, meinte Enno schmunzelnd.

»Ja, uns fehlt nur noch ein letztes Detail«, erwiderte die Kommissarin. Dann nahm sie mit dem kriminaltechnischen Labor Oldenburg Kontakt auf und fragte nach der Analyse des Mageninhalts.

»Das trifft sich gut, ich wollte Sie gerade anrufen«, behauptete der Techniker. *Das hätte ich an deiner Stelle auch gesagt,* dachte Mona. Sie sagte: »Bitte machen Sie es nicht so spannend.«

»Nun, außer Speiseresten von einem Müsli fand ich sowohl geringe Mengen von Ethylenglykol, aber auch von einem dazu passenden Gegengift ...«

»Das wollte ich von Ihnen erfahren!«, rief die Ermittlerin begeistert. »Entschuldigen Sie, dass ich das Telefonat so abrupt beende – aber ich muss jetzt dringend eine Verhaftung vornehmen!«

Kapitel 15

Die Witwe wirkte keineswegs verängstigt, als sie eine halbe Stunde später den Kommissaren die Tür öffnete: »Guten Morgen! Gibt es neue Entwicklungen in dem Mordfall?«

Sylvia Blome war bereits komplett angezogen, als sie den Ermittlern die Tür des Ferienhauses öffnete. Sie hatte geduscht, ihr Haar war noch etwas feucht. Sie trug ein knielanges Kleid aus Frotteestoff mit einem farbenfrohen Streifenmuster, außerdem Sandalen mit Keilabsatz.

»Wir müssen Sie bitten, uns zu begleiten«, sagte Enno förmlich. Sylvia Blome hob ihre Augenbrauen.

»Was hat das zu bedeuten?«, fragte sie. »Bin ich verhaftet?«

Sie stand mit den Kriminalisten am Eingang und machte keine Anstalten, sie ins Haus zu lassen. Nun war zu hören, dass im Inneren eine Tür geöffnet und wieder zugeschlagen wurde. Dann ertönten schnelle Schritte, Drescher kam die Treppe hinuntergeeilt. Im nächsten Moment tauchte er neben seiner Tante auf und legte schützend den Arm um ihre Schultern: »Was soll der Blödsinn? Sylvia geht nirgendwo hin!«

Mona fragte sich, ob die beiden die Nacht zusammen verbracht hatten. Das war schwer einzuschätzen. Auf jeden Fall schien die Witwe schon länger wach zu sein als ihr Neffe, denn aus dem Haus drang der Duft von frisch aufgebrühtem Kaffee nach draußen. Sylvia Blome war offenbar schon beim Frühstück gewesen, während Drescher erst durch das Klingeln der Beamten aus seinem Schönheitsschlaf gerissen worden war.

»Darüber haben Sie nicht zu entscheiden«, sagte die Kommissarin zu dem jungen Mann, »und wenn Sie keinen Ärger bekommen wollen, dann treten Sie jetzt zurück!«

Dreschers Gesicht nahm einen trotzigen Ausdruck an. Ob er einen Streit vom Zaun brechen wollte? Sylvia Blome schien dies zu befürchten. Sie legte ihre Hand auf seinen Unterarm und sagte: »Es ist in Ordnung, Julian. Trink erst mal einen Kaffee, ich gehe mit den Polizisten und werde so schnell wie möglich zurückkommen.«

»Ich bin immer für dich da, das weißt du«, murmelte er und warf ihr einen verliebten Blick zu. Drescher ließ sie los und zog sich zurück. Die Witwe nahm ihre Handtasche und verließ das Haus.

»Ich werde Sie jetzt durchsuchen«, kündigte die Kommissarin an.

»Ist das wirklich notwendig, Frau Sander?«

»Hatte ich noch nicht erwähnt, dass Sie unter dem dringenden Verdacht stehen, Ihren Ehemann ermordet zu haben?«

»Sie irren sich gewaltig«, erwiderte Sylvia Blome. Aber es klang nicht so, als ob sie selbst daran glauben würde. Die Witwe trug keine Waffe am Körper. In ihrer Handtasche befand sich eine Nagelfeile, die Mona sicherheitshalber an sich nahm. Der kurze Fußweg zur Polizeistation verlief schweigend. Als sie die Wache betraten, kam ihnen ein Mann im Anzug mit Aktentasche entgegen. Er wirkte gereizt und stiefelte Richtung Inselbahnhof.

»Das war der Rechtsanwalt, den Jörn Gerlitz angeheuert hat«, erklärte Grietje, als die Ermittler und Sylvia Blome das Gebäude betraten. »Er fand es nicht so amüsant, vergeblich hierhergekommen zu sein. Dabei ist Borkum doch immer eine Reise wert!«

»Danke für die Information. – Ist der Verhörraum noch besetzt?«, wollte Mona wissen.

»Ja, da haben sich die Kollegen vom Landeskriminalamt breitgemacht.«

»Dann gehen wir in unser Dienstzimmer. – Kochst du uns bitte einen Tee?«

»Klar, ich hab ja nichts Besseres zu tun!«

Trotz ihres flotten Spruchs ging die junge Polizistin gleich zur kleinen Teeküche hinüber, die sich im Wachlokal befand. Wenig später durfte Sylvia Blome auf Monas Besucherstuhl Platz nehmen. Enno belehrte sie über ihre Rechte. Sie setzte ein geschäftsmäßiges Lächeln auf: »Ich denke, dass ich auf einen Rechtsbeistand verzichten kann. Ich selbst bin ebenfalls vergiftet worden, diese Tatsache scheinen Sie im Lauf der Ermittlungen vergessen zu haben. Und was ist überhaupt mit Jörn Gerlitz, dessen Namen gerade fiel? Ich hatte Ihnen mitgeteilt, wie sehr er Paul verabscheute. Ich halte ihn für den Mörder meines Mannes!«

»Herr Gerlitz wird sich wegen unerlaubtem Waffenbesitzes verantworten müssen«, erklärte Enno und fuhr fort: »Er wollte Ihren Ehemann erschießen. Aber bekanntlich wurde Paul Blome nicht durch eine Kugel, sondern durch Gift umgebracht.«

Sylvia Blome begann zu lachen: »Ach, was Sie nicht sagen! Und daraus folgern Sie messerscharf, dass es sich beim Täter um eine Frau handeln muss? Halten Sie mich für eine neue Gesche Gottfried?«

Damit spielte sie auf eine Serienmörderin an, die im 19. Jahrhundert in Bremen ihr Unwesen getrieben hatte, bis sie 1831 hingerichtet wurde. Mona runzelte die Stirn: »Das wollen wir nicht hoffen, denn bekanntlich hat Gesche Gottfried insgesamt 15 Menschen ins Jenseits befördert. Außerdem hat sie Arsenik benutzt, während Sie auf Ethylenglykol zurückgegriffen haben. Sie sind Apothekerin – ich muss Ihnen nicht erklären, wie tödlich diese Substanz ist.«

»Das ist mir selbstverständlich geläufig«, gab die Verdächtige arrogant zurück, »und weil ich nicht nur eine Frau, sondern auch noch eine Apothekerin bin, halten Sie mich für die Mörderin? Weil Giftmorde grundsätzlich nicht von Männern begangen werden?«

Die Kommissarin schüttelte den Kopf: »Nein, nicht aus diesem Grund. Wir haben Ihren Mageninhalt im Labor analysieren lassen. Sie hatten nicht nur Ethylenglykol – in geringer Konzentration – sondern auch noch gleichzeitig ein Gegengift geschluckt. So etwas hat man vermutlich nicht einfach im Badezimmerschrank herumliegen. Wir reden nicht über Schmerztabletten oder Pillen gegen zu hohen Blutdruck. Sie haben das Antidot sicherheitshalber genommen, weil Sie um die verheerende Wirkung des Giftes wussten.«

Darauf erwiderte Sylvia Blome nichts. Hatte sie wirklich geglaubt, dass ihr Mageninhalt nicht untersucht werden würde? Es gab jetzt ohnehin eine kurze Unterbrechung, weil Grietje mit dem Tee erschien. Mona konnte jetzt eine Tasse von der starken Assam-Mischung gut gebrauchen. Sie war sicher, auf der richtigen Spur zu sein. Daran änderte auch Sylvia Blomes nächster Satz nichts.

»Sie können mir nichts beweisen.«

»Lassen Sie das nur unsere Sorge sein«, gab die Kommissarin unbeeindruckt zurück. »Da ist ja auch noch Ihr junger Liebhaber, der ...«

Nun reagierte die Witwe überraschend heftig: »Lassen Sie Julian aus dem Spiel, er hat damit absolut nichts zu tun. Und zwischen ihm und mir hat sich nie etwas abgespielt – auch, wenn er es sich gewünscht hat und Ihre schmutzige Fantasie in diese Richtung geht!«

»Also ist Ihr Neffe nicht Ihr Liebhaber?«, vergewisserte Enno sich.

»Nein, Herr Moll! Ich habe natürlich mitbekommen, dass er für mich schwärmt. Julian … er ist wie ein großes Kind. Man kann ihn eigentlich nicht ernst nehmen. Trotzdem war es schmeichelhaft für mich, von ihm auf diese Art angeschaut zu werden. Vor allem, weil mein Mann sich nur noch für junge Frauen interessierte!«

»Wie kommen Sie darauf?«, hakte Mona nach.

»Ich habe doch Augen im Kopf! Ich habe gesehen, wie er sich mit so einem kleinen Luder getroffen hat, das übrigens völlig unmöglich aussah – mit wilden Haaren und einem Knochen in der Nase«, gab die Witwe heftig zurück.

»Wir wissen, wen Sie meinen«, stellte der Oberkommissar fest, »aber warum haben Sie diese Person nicht schon erwähnt, als Sie davon sprachen, dass Ihr Mann Geheimnisse vor Ihnen hätte?«

»Können Sie sich das nicht denken?«, lautete die Gegenfrage. »Ich habe mich geschämt, weil Paul mich mit so einer Vogelscheuche betrogen hat. Gibt es eine größere Demütigung für eine Frau?«

»Da kann ich Sie beruhigen«, sagte Mona und fuhr fort: »Nach unserem Kenntnisstand hatte Ihr Mann nie ein Verhältnis mit dieser Frau. Ihr Name lautet übrigens Fee Tietjen. Sie sitzt momentan nebenan im Verhörraum und wird wegen eines Betäubungsmitteldelikts vernommen, das sie zusammen mit Ihrem Gatten begangen hat.«

Sylvia Blome stieß ein hysterisches Lachen aus: »Soll mich das jetzt beruhigen? Ich glaube, Sie sind auf dem Holzweg. Drogen? Paul hat höchstens mal ein Bier getrunken und noch nicht einmal geraucht.«

»Es geht nicht um den Konsum, sondern um den Verkauf von Drogen«, erklärte die Kommissarin, »damit hat sich Ihr Mann offenbar ein lukratives Nebeneinkommen gesichert.«

»Wollen Sie mich auf den Arm nehmen, Frau Sander? Paul pfiff finanziell aus dem letzten Loch, er war ein Versager und musste ständig von mir unterstützt werden – ansonsten hätte er seine Versicherungsagentur dichtmachen können!«

Enno machte deutlich: »Wir gehen davon aus, dass Ihr Mann seine illegalen Einkünfte vor Ihnen verschwiegen hat, weil er eines Tages mit dem Geld verschwinden und Sie zurücklassen wollte.«

Sylvia Blome schaute den Oberkommissar so schockiert an, als ob er sie geohrfeigt hätte.

»Also ist Paul mir gar nicht untreu geworden?«, murmelte sie.

»Zumindest nicht mit Fee Tietjen«, antwortete Mona, »aber dass er etwas vor Ihnen verheimlicht, haben Sie richtig erkannt. Es handelte sich um seine Drogengeschäfte.«

Als die Witwe wieder den Mund öffnete, war es, als würde sie mit sich selbst sprechen: »Eine Frau spürt, wenn etwas hinter ihrem Rücken geschieht – ist es nicht so? Pauls Heimlichkeiten, seine Telefonate mitten in der Nacht, seine angeblichen Termine … ich war der festen Überzeugung, dass eine Frau dahinterstecken musste. Oder sogar mehrere! Ich war zutiefst gekränkt. Jahrelang hatte dieser Kerl auf meine Kosten gelebt, und so dankte er es mir? Da beschloss ich, die Sache ein für alle Mal zu beenden.«

»Sie hätten sich einfach scheiden lassen können«, warf Enno ein.

»Theoretisch ja, Herr Moll – aber hätte dieser Blutsauger dann nicht versucht, noch mehr aus mir herauszupressen?«

»Das ist nicht der wirkliche Grund!«, warf Mona ihr an den Kopf. »Ihr Mann wusste von den Unregelmäßigkeiten bei Ihren Medikamentenbestellungen – er hätte Sie erpresst, also musste er sterben.«

Sylvia Blome warf ihr einen entsetzten Blick zu. *Woher weißt du davon?* Das schien sie sagen zu wollen. Einen Moment lang herrschte Ruhe im Dienstzimmer. Man hörte nur das warnende Pfeifen der Inselbahn-Lokomotive, die sich den Schranken vor dem Inselbahnhof näherte.

»Erzählen Sie uns doch einfach, was sich am Morgen vor dem Tod Ihres Mannes ereignete«, schlug Enno vor. Die Mörderin zögerte noch ein wenig, dann begann sie zu berichten: »Paul war bereits frühmorgens beim Strandsegeln gewesen. Als er zurückkehrte, wirkte er unruhig und genervt. Ich nahm an, dass er sich mit seiner Geliebten gestritten hätte. Natürlich erwähnte ich meinen Verdacht nicht, er sollte nicht misstrauisch werden. Mein Mann aß morgens gern Müsli, genau wie ich. Es war einfach, ihm das Gift in seine Milch zu mixen. Ich hatte meine eigene Portion schon abgefüllt, allerdings stark verdünnt. Außerdem nahm ich das Antidot zu mir. Paul sagte, dass er noch eine Trainingseinheit am Strand absolvieren wollte, und verschwand wieder. Ich wartete ein wenig. Als ich spürte, wie das Ethylenglykol seine Wirkung entfaltete, ging ich zur Polizei und behauptete, von meinem Mann vergiftet worden zu sein. Ich rechnete mir aus, dass inzwischen auch Paul die ersten Symptome spüren musste. Vielleicht hätte er sich beim Strandsegeln auch einfach den Hals gebrochen und sein Tod wäre als Unfall aufgenommen worden. Doch darauf konnte ich mich nicht verlassen. Also setzte ich das Toxin ein, was ja letztlich funktioniert hat.«

»Wie man es nimmt«, erwiderte Mona trocken, »denn wir konnten Sie trotzdem überführen. Ich verstehe aber immer noch nicht, warum Sie sich selbst ebenfalls vergiftet haben.«

»Ist das so schwer zu begreifen, Frau Sander? Ich wollte den Verdacht von mir ablenken – auf eine Geliebte meines Mannes, die sowohl ihn als auch mich als seine Ehefrau auslöschen wollte.«

»Vielleicht hätte es funktioniert, wenn Paul Blome wirklich fremdgegangen wäre«, sagte die Kommissarin. Für den Moment gab es nichts weiter zu sagen. Sylvia Blome wurde in eine Arrestzelle gebracht. Im Lauf des Tages würde sie aufs Festland geschafft, wo ein Richter über die Verhängung von Untersuchungshaft entschied.

»Blome hatte zwar keine Geliebte, aber für die Heimlichkeiten vor seiner Ehefrau musste er trotzdem mit dem Tod bezahlen«, stellte Enno fest, nachdem er die Mörderin in eine Zelle gesperrt hatte.

»Ich habe auch ein Geheimnis, und das muss ich dir jetzt anvertrauen«, sagte Mona und spürte, wie sie weiche Knie bekam. Natürlich hätte sie alles unter den Teppich kehren und verdrängen können – aber dies war schon aufgrund von Kesslers Anwesenheit auf Borkum unmöglich. Daher musste sie Enno ihren Fehltritt beichten, sonst würde sie noch platzen. Der Oberkommissar war ein Mensch, der nicht zu vorschnellen Urteilen neigte. Und seine Meinung war ihr äußerst wichtig. Er schaute seiner Kollegin direkt ins Gesicht, als sie nun zu ihrem Geständnis ansetzte.

ENDE

Ostfrieslandkrimi-Empfehlungen des Klarant Verlages

»Friesenbraut«, Band 1
Taschenbuch-ISBN: 978-3-95573-557-9
eBook-ISBN: 978-3-95573-556-2

»Friesenkreuz«, Band 2
Taschenbuch-ISBN: 978-3-95573-552-4
eBook-ISBN: 978-3-95573-600-2

»Friesenlauf«, Band 3
Taschenbuch-ISBN: 978-3-95573-553-1
eBook-ISBN: 978-3-95573-618-7

»Friesenflirt«, Band 4
Taschenbuch-ISBN: 978-3-95573-542-5
eBook-ISBN: 978-3-95573-541-8

»Friesenwahn«, Band 5
Taschenbuch-ISBN: 978-3-95573-622-4
eBook-ISBN: 978-3-95573-623-1

»Friesenstalker«, Band 6
Taschenbuch-ISBN: 978-3-95573-688-0
eBook-ISBN: 978-3-95573-701-6

»Friesenjuwel«, Band 7
Taschenbuch-ISBN: 978-3-95573-764-1
eBook-ISBN: 978-3-95573-765-8

»Friesenwrack«, Band 8
Taschenbuch-ISBN: 978-3-95573-796-2
eBook-ISBN: 978-3-95573-797-9

»Friesenbarbier«, Band 9
Taschenbuch-ISBN: 978-3-95573-833-4
eBook-ISBN: 978-3-95573-832-7

»Friesenstrand«, Band 10
Taschenbuch-ISBN: 978-3-95573-875-4
eBook-ISBN: 978-3-95573-876-1

»Friesenlist«, Band 11
Taschenbuch-ISBN: 978-3-95573-934-8
eBook-ISBN: 978-3-95573-935-5

»Friesenblues«, Band 12
Taschenbuch-ISBN: 978-3-95573-954-6
eBook-ISBN: 978-3-95573-955-3

»Friesenanker«, Band 13
Taschenbuch-ISBN: 978-3-96586-009-4
eBook-ISBN: 978-3-96586-010-0

»Friesenkoch«, Band 14
Taschenbuch-ISBN: 978-3-96586-105-3
eBook-ISBN: 978-3-96586-106-0

»Friesenwürger«, Band 15
Taschenbuch-ISBN: 978-3-96586-146-6
eBook-ISBN: 978-3-96586-145-9

»Friesentango«, Band 16
Taschenbuch-ISBN: 978-3-96586-164-0
eBook-ISBN: 978-3-96586-172-5

»Friesenbrauer«, Band 17
Taschenbuch-ISBN: 978-3-96586-201-2
eBook-ISBN: 978-3-96586-202-9

»Friesendiebin«, Band 18
Taschenbuch-ISBN: 978-3-96586-276-0
eBook-ISBN: 978-3-96586-277-7

»Friesenpoker«, Band 19
Taschenbuch-ISBN: 978-3-96586-321-7
eBook-ISBN: 978-3-96586-322-4

»Friesenleiche«, Band 20
Taschenbuch-ISBN: 978-3-96586-355-2
eBook-ISBN: 978-3-96586-356-9

»Friesentrick«, Band 21
Taschenbuch-ISBN: 978-3-96586-408-5
eBook-ISBN: 978-3-96586-409-2

»Friesenschatz«, Band 22
Taschenbuch-ISBN: 978-3-96586-450-4
eBook-ISBN: 978-3-96586-451-1

»Friesenmagier«, Band 23
Taschenbuch-ISBN: 978-3-96586-485-6
eBook-ISBN: 978-3-96586-486-3

»Friesenruine«, Band 24
Taschenbuch-ISBN: 978-3-96586-513-6
eBook-ISBN: 978-3-96586-514-3

»Friesenraub«, Band 25
Taschenbuch-ISBN: 978-3-96586-549-5
eBook-ISBN: 978-3-96586-550-1

»Friesenrichter«, Band 26
Taschenbuch-ISBN: 978-3-96586-560-0
eBook-ISBN: 978-3-96586-561-7

»Friesenhummer«, Band 27
Taschenbuch-ISBN: 978-3-96586-614-0
eBook-ISBN: 978-3-96586-615-7

»Friesenkugel«, Band 28
Taschenbuch-ISBN: 978-3-96586-627-0
eBook-ISBN: 978-3-96586-628-7

»Friesendolch«, Band 29
Taschenbuch-ISBN: 978-3-96586-649-2
eBook-ISBN: 978-3-96586-650-8

»Friesengeiz«, Band 30
Taschenbuch-ISBN: 978-3-96586-667-6
eBook-ISBN: 978-3-96586-668-3

»Friesendiva«, Band 31
Taschenbuch-ISBN: 978-3-96586-689-8
eBook-ISBN: 978-3-96586-690-4

»Friesenteich«, Band 32
Taschenbuch-ISBN: 978-3-96586-700-0
eBook-ISBN: 978-3-96586-701-7

»Friesensilber«, Band 33
Taschenbuch-ISBN: 978-3-96586-707-9
eBook-ISBN: 978-3-96586-708-6

»Friesenfisch«, Band 34
Taschenbuch-ISBN: 978-3-96586-742-0
eBook-ISBN: 978-3-96586-743-7

»Friesenduell«, Band 35
Taschenbuch-ISBN: 978-3-96586-764-2
eBook-ISBN: 978-3-96586-765-9

»Friesenwürfel«, Band 36
Taschenbuch-ISBN: 978-3-96586-795-6
eBook-ISBN: 978-3-96586-796-3

»Friesenradio«, Band 37
Taschenbuch-ISBN: 978-3-96586-831-1
eBook-ISBN: 978-3-96586-832-8

»Friesenartist«, Band 38
Taschenbuch-ISBN: 978-3-96586-847-2
eBook-ISBN: 978-3-96586-848-9

»Friesenpolizistin«, Band 39
Taschenbuch-ISBN: 978-3-96586-853-3
eBook-ISBN: 978-3-96586-854-0

»Friesenspur«, Band 40
Taschenbuch-ISBN: 978-3-96586-879-3
eBook-ISBN: 978-3-96586-880-9

»Friesenboot«, Band 41
Taschenbuch-ISBN: 978-3-96586-871-7
eBook-ISBN: 978-3-96586-872-4

Friesenerpresser«, Band 42
Taschenbuch-ISBN: 978-3-96586-906-6
eBook-ISBN: 978-3-96586-907-3

Friesenvilla«, Band 43
Taschenbuch-ISBN: 978-3-96586-934-9
eBook-ISBN: 978-3-96586-935-6

Friesenmuschel«, Band 44
Taschenbuch-ISBN: 978-3-96586-968-4
eBook-ISBN: 978-3-96586-969-1

Friesenturm«, Band 45
Taschenbuch-ISBN: 978-3-68975-006-0
eBook-ISBN: 978-3-68975-007-7

Friesensegler«, Band 46
Taschenbuch-ISBN: 978-3-68975-030-5
eBook-ISBN: 978-3-68975-031-2

Klarant Verlag

Lernen Sie die Ostfrieslandkrimi-Titel des Klarant Verlages kennen und besuchen Sie uns im Internet unter:

www.ostfrieslandkrimi.de und www.klarant.de

Sie können dort Näheres über unsere Autorinnen und Autoren erfahren, viele weitere interessante Bücher und eBooks finden und Leseproben herunterladen. Mit dem kostenlosen Newsletter auf

www.ostfrieslandkrimi-lesen.de

erhalten Sie aktuelle Informationen rund um das Verlagsprogramm, wie beispielsweise spannende Neuerscheinungen und Gewinnspiele